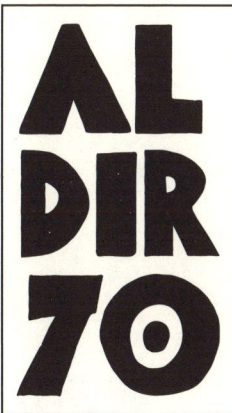

ALDIR BLANC

Rua dos Artistas e arredores

Copyright © Aldir Blanc.
Todos os direitos desta edição reservados à MV Serviços e Editora Ltda.

ILUSTRAÇÃO [CAPA]
Allan Sieber

REVISÃO
Fal Vitiello de Azevedo

CIP-BRASIL. CATALOGAÇÃO NA PUBLICAÇÃO
SINDICATO NACIONAL DOS EDITORES DE LIVROS, RJ

B571r
    Blanc, Aldir, 1946
        Rua dos Artistas e arredores / Aldir Blanc. - Rio de Janeiro : Mórula, 2016.
        192 p. ; 21 cm.   (Aldir 70 ; 1)

        ISBN 978-85-65679-45-9

        1. Crônica brasileira. I. Título.

16-37177   CDD: 869.8
                            CDU: 821.134.3(81)-8

 R. Teotônio Regadas, 26/904 - Lapa - Rio de Janeiro
www.morula.com.br | contato@morula.com.br

Para as filhas, netos e netas e bisneto.

SUMÁRIO

9	Fimose de Natal
13	A cama na rua
16	A hora da Ave-Maria
18	À sombra das goiabeiras em flor
21	Mal-entendido na Vila
24	O cocô
27	A posição da Clotilde
30	Amor nas coxas
34	Terça-feira gorda com muita honra
37	Cachorrada fatal
41	O mistério da Juracy
44	Uma aqui pro nossa-amizade
48	A Medeia de Vila Isabel
51	Dilma de olhos no chão
55	O maior noivado da Vila
59	Atropelaram o Benevides!
63	É o tal negoço!
67	Tatinha da Tatinha
70	Revolta na Vila
74	Bom humor tava ali
77	O maior papo do mundo
80	O apelido
83	Um que era meio maluco
86	Inarredável compromisso
90	Não interrompe, pô!
93	A pereba
97	Homenagem póstuma

100	Dançando a quadrilha
105	Uns-e-outros
108	Comissão de frente
111	Tirem as crianças da sala
114	Tu lembra do Leocádio?
117	O instrumento do Francelino
120	Artistas da Rua Futebol e Regatas
123	Ducha, drinque e prato-de-verão
126	Não faz mal, não faz mal, limpa com jornal
129	Seja parceiro do Aldir Blanc e mate João Bosco de inveja
132	Ueki da Silva
134	Colcha de retalhos
138	Situações bem pouco improváveis
144	Histórias da loucura
148	As paródias da Baixada
152	No país do carnaval
157	O samba-enredo dos direitos do homem
160	Vila Isabel espinafra a imprensa escrita, falada e televisada e pede passagem
163	Safári
166	Lar ou ímpar
169	O caso do trocador silencioso
172	Enquanto isso...
177	A emenda do século
180	O Tijucano
182	Bairrista é a tua mãe
184	CRONOLOGIA

PASQUIM Nº 338
FIMOSE DE NATAL

*Conto (do vigário) inspirado
na famosa frase de Moisés:
– Neste Natal, a ceia tá mais
pra fimose que pra piru.*

ANO DA GRAÇA DE 1954.
– ... a Data Magna da Cristandade!
Dona Cotinha ensinava Natal, presépio e outras presepadas, pra um bando de meninos assustados no interior da Igreja Santo Afonso.
Bom, magna eu não sabia mesmo o que era, data era o que a gente escrevia depois do nome no minuto terrível que antecedia à Prova Parcial, e Cristandade... uma espécie de Estádio do Vasco, meu time: fica numa colina, cabe uma porção de gente e é melhor ter carteira de sócio.
De um lado, um garoto de cabelo vermelho, novo na turma, me iniciava em Política:
– PTB é Partido Tarde Baixinho, UDN, União das Donzelas Neurastênicas... Carlos Lacerda é O Corvo, morou?
Do outro, o Dentuça falava pelo canto da boca, ou melhor, dos dentes:
– Tu nunca viu a cabeça? Não é possível. Mostra aí.

Caríssimos: eu tinha fimose e tinha medo. Primeiro, porque eu, praticamente, só tinha a fimose. Se existisse, naquela época, a fina expressão "não tá com nada", era comigo mesmo, e, além disso, como explicar a presença daquele bico profano **que não me deixava ver a cabeça**? Naquele tempo, tudo que eu queria da vida **era ver minha própria cabeça**.

Fimose, a Salomé de Vila Isabel!

Uma vez, pediram ao médico da família que desse "uma olhadinha no negoço do garoto". Diagnóstico: Colar Espanhol (que novas humilhações a vida me reservaria?).

Minha mãe: Ué, não é fimose?

Dr. Waladão: É Colar Espanhol, mas pode chamar de fimose.

Me lembrei de um cara que morava na Gonzaga Bastos, do Fã-Clube da Emilinha, que dizia:

– Meu nome é Haroldo, mas pode me chamar de Margô.

– ... a Estrela indicava o Presépio...

– ... O Gregório era capanga dele e acertou uma n'O Corvo...

– ... mostra aí, ô mula sem cabeça!

Irmãos, foi me dando uma angústia danada, e eu acabei mostrando.

– ... Ouro, Incenso e Mirra...

– ... meu pai acha que não foi suicídio...

– ... rapaz, tem crista de galo. Vem gente!

Na pressa de guardar, prendi o bico no fechecler e não havia jeito de sair. Aí, eu fui ficando branco, zonzo, parecia que ia levitar. Dona Cotinha bateu com os olhos em mim (que quesse garoto tem?... Delírio Místico?... Ai, um Santo na minha aula... Ou será que ele é bobo assim mesmo?).

E eu lá, duro, os olhos cheios de infinita autopiedade. Religião tá assim desses lances.

A velhinha veio caminhando devagar e, quando fitou a criança, exclamou:

– Cordeiro de Deus!

Pô, eu me senti um bocado prestigiado! Aquele birrim à toa, bicudinho de fimose, receber um elogio desses. Fé na Tábua!

Deu-se o maior corre-corre: o padre abandonou a confissão, freiras feito baratas tontas, mães falando ao mesmo tempo, os colegas em volta, eufóricos... e ninguém botava a mão.

Meu professor de Política vociferava:

– Mordidos de cobra! Mordidos de cobra!

Dentuça, solidário:

– Guenta firme, companheiro.

E as meninas, ai, as meninas – inclusive Rosane, a dos olhos de drops hortelã – tavam com pena. TAVAM COM PENA DELEZINHO! Rosane disse isso alto e foi chamada às falas por Padre Romário (o padre-dicionário):

– Na minha Igreja, ninguém adorará o Bezerro de Ouro!

OUTRO ELOGIOOOOO!

Uma jovem irmã de caridade que, digamos, apreciava o espetáculo, murmurou (docemente, irmãos):

– Que garoto calmo...

Calmo, uma ova! Eu tava era feliz! A minha cabeça era uma zona, sempre tinha sido uma zona, e, ó momentos celestiais, a chamada realidade **tava a maior zona**: a ponta do zé presa num fechecler em plena aula de catecismo, todo mundo em volta, tudo em ordem na mais completa desordem.

As mães (jovens mães, irmãos) tentavam:

– Puxa pra cima!

– Experimenta pra baixo!

Cabelo Vermelho, lá do púlpito, gritava:

– Fechecler totalitário! O direito de ir e vir é sagrado! Viva a democracia!

Um líder, aquele garoto. Dentuço e a moça toda aplaudiam.

Rosane me olhou ardentemente e disse que me amaria para sempre. *Saecula saeculorum*, irmãos.

Desesperada, Dona Cotinha bufou:

– Eta, cabeção do Tinhoso!

Ai, libertou-se. Sozinho, de graça, naturalmente. EU TINHA CABEÇA. Meus olhos bateram no Filho do Homem, lá em cima, cercado de dourados semelhantes aos que dançavam no ar em torno de mim. A coroa de espinhos. Até a nossa cara era parecida: levemente inclinada, suada, cheia de incompreensível compreensão diante do martírio...

Então, me ocorreu a Grande Frase Católica, razão-de-ser dos dogmas, bandeira da minha geração, a mesma que J. Cristo disse ao levar a célebre dedada de Tomé:

– Podes crer!

PASQUIM Nº 339

A CAMA NA RUA

ISOLDA MORAVA QUASE EM FRENTE. Pequena, de cabelos até a cintura, vestia sempre saia justa preta, sapatos salto sete-e-meio e ria com facilidade. Verdadeira deusa dos padeiros, bombeiros e outros eiros.

Mães, avós, tias, eram unânimes:
– Mulher da vida!

Os homens aprovavam com a cabeça, meio distantes e – seria indignação moral? – fitavam Isolda fumando furiosamente.

A bem verdade que a fama de Isolda não se devia apenas aos seus, como diria vovó, modos.

Uma vez ou outra, aparecia na casa dela um tal de Rodolfo, terno branco de linho, cabelo "Príncipe Danilo" e, naturalmente, bigodes. Toda a rua sabia quando Rodolfo chegava porque, assim que Isolda abria a porta, ele, sem ao menos cumprimentar, tacava a mão na cara da coitadinha. Ciúmes? Teria Isolda prevaricado? Ou era Rodolfo violento por natureza?

Desses mistérios que nunca se desfazem.

Já dentro de casa, Rodolfo ligava o rádio bem alto e continuava o festival de porrada:
– Ai, desgraçado! Você devia ter morrido no parto com a tua mãe!
CATAPIMBA!

Vinha todo mundo pras janelas e, enquanto Isolda gritava, comentava-se discretamente:
– Eta, botina!

– Dá-lhe, Rigoni!
– ... tá com cara de que vai render...
– Humm! Essa foi na boca...
– ... pancada de amor não dói, Dona Otília. E sua asma, como vai?

E assim, todos participavam da desventura de Isolda, talvez até – dadas as circunstâncias – com excessivo entusiasmo.

Eu falei desventura? Ledo engano, como diria o Stan.

Porque, aos poucos, os gritos iam diminuindo, diminuindo, até que a residência de Isolda ficava em completo silêncio. A expectativa crescia em toda a rua. Conversava-se apenas pra disfarçar:

– Toma um chazinho de erva-cidreira...
– Até aí morreu o Neves, hê, hê...
– Desta vez vamos!

E a tensão aumentando.

De repente – por mais que esperássemos, era sempre de repente – o grito emudecia a rua inteirinha:

– Ai, Rodolfo! Eu vou morrer!

Estaria o pérfido cáften estripando Isolda com a arma branca dos de sua laia? Suportaria a infeliz nova e horripilante atrocidade?

Suportaria, meus chapinhas.

– Assim, Rodolfo! Me chama de sua manga-espada...

Manga-espada, Isolda? Eu só entenderia mais tarde, tirando fiapo dos dentes.

Rodolfo – provavelmente mineiro – trabalhava em silêncio. Todo mundo mantinha a naturalidade da hipocrisia:

– Não põe os pés nessa água, menino!
– Tão dizendo que o Castilho não joga...

E correndo por fora:

– Bota a cama na rua, Dolfo! Bota a cama na rua pra todo mundo ver como eu sou feliz. Ai, como eu sou feliz!

Era assim o amor de Isolda e Rodolfo. Mais violento do que todos os amores da Rua dos Artistas. Mais verdadeiro também. Fazia parte das coisas da rua, como as crianças, como as árvores, como a passagem do garrafeeeeiro...

Quando Isolda, findo o embate, ia comprar cerveja pro seu bem, era olhada com inveja pelas mulheres, com desejo pelos homens, e em um ou outro olhar havia mesmo simpatia – meio disfarçada, meio na encolha, mas tava lá.

Houve uma noite memorável!

Isolda, delirante e romântica, implorou a plenos pulmões:

– Diz, Dolfo! Diz que eu sou tua gazelazinha, diz!

E o garboso Dolfo, sincero, mas um pouco atabalhoado:

– Toma, sua vaca!

Todos ouvimos, emocionados, o terrível soluçar de Isolda. Minha vó não se conteve:

– Ah, monstro de crueldade!

Alguém bradou:

– Eu boto a tropa na rua!

E só não houve uma catástrofe de desconhecidas proporções porque o motivo de tão desconsolado pranto surgiu, segundos depois, na própria voz de Isolda:

– VOCÊ DIZ ISSO A TODAS!

PASQUIM Nº 140

A HORA DA AVE-MARIA

A HORA DA AVE-MARIA é sempre a mesma: as poltronas voltam a ser grenás da cor do alto-falante da vitrola, e aquelas agulhas do toca-discos ficam todas espetando nosso remorso. Há sempre um pequeno silêncio de passarinhos que antecede a apresentação dos grilos de Vila Isabel, mais boêmios que todos os outros da cidade.

É preciso tomar banho porque o pessoal vai chegar do trabalho pra jantar. Os bondes estão passando cheios de gente na Pereira Nunes (cuidado quando atravessar!) e fazem um barulho alegre, muito diferente do que fazem de madrugada, quando até o trocador e o motorneiro são fantasmas. Um poeta do bairro disse que a solidão é um bonde a nove pontos pelas ruas desertas do passado. Ele é meio maluco.

Todo dia, na hora da Ave-Maria, eu rezo pra todos e peço pra não morrerem. Me disseram que a morte é o último adeus e eu não gostei, acho que por obediência: minha mãe ensinou pra nunca a gente dizer adeus que faz mal, dizer sempre até logo.

A Maria da Ave é Nossa Senhora, uma mistura de Deus e Supermãe com a voz da Dalva de Oliveira. Tem também o Júlio Lousada: ele não existe, o que existe é uma voz Júlio Lousada que sai pelo rádio. É uma espécie de mágica, como a casa dos meus avós do Estácio. Aos domingos, eu vou com meu pai até lá: caramanchão todo florido, laguinho, marrecos e uma cachorra chamada Boneca com umas bolinhas na barriga pra amamentar cachorrinhos, mas eu nunca vi funcionarem. Minha avó tem cabelos brancos e toca piano

– que eu saiba, nenhum colega meu tem vó que toca piano. Meu avô usa calças curtas caqui feito criança. Na casa tem um tesouro nas gavetas do bufê, latas cheias de moedas, bichos de verdade até na cristaleira e xícaras cara-de-gato onde me dão guaraná de uma marca que eu não conheço – e olha que eu manjo de guaraná! Esses meus avós são tão mágicos que só existem aos domingos.

Nos outros dias, eu tenho uma vó que não toca piano, mas cozinha que é uma beleza, e um avô político.

– Vovô, que que é ditadura?

– É o regime onde te perguntam: sabe com quem está calando?

Me lembro que quando o Café Filho assumiu, vovô sentenciou:

– A política do Brasil de hoje me lembra a sala de espera do dentista: um monte de gente encagaçada esperando a vez.

Duradouras palavras! Anos mais tarde, ele diria:

– Aconteceu com a liberdade a mesma coisa que acabou com o PRK-30: ficou sem patrocinador.

Na hora da Ave-Maria, nem sempre dá pra rezar direito por que me chamam pra brincar na rua: o Manoel, o Armindo, o Eduardo...

Ontem, um adulto filho da puta (aprendi no colégio) me disse que o Armando morreu *a-ssa-ssi-na-do* num a-par-ta-men-to em Copacabana.

Eu senti uma aflição parecida com aquela das chuvaradas: no que começa a relampejar, as mulheres da casa cobrem os espelhos com lençóis. A chuva cai feito português saltando de bonde andando e enche as ruas de Vila Isabel. Eu jogo da janela barcos de jornal na água. Alguns emborcam e me deixam aflito.

Pois é, Armindo, eu senti uma aflição assim quando disseram que você foi *a-ssa-ssi-na-do*. Capaz de ser verdade: da infância pra cá, muita gente tem sido *a-ssa-ssi-na-da*, mas hoje, bem na hora da Ave-Maria, você me chamou pra brincar. Larguei a reza no meio e fui pra rua. Eu nunca mais vou rezar pra merda de deus nenhum. Foi uma noite legal, uma espécie de mágica, como aquela que os meus avós do Estácio fizeram pra mexer comigo, sumindo – dizem que pra sempre – com casa e tudo.

PASQUIM Nº 341

À SOMBRA DAS GOIABEIRAS EM FLOR

O FEIJÃO E AS CARNES FICAVAM DE MOLHO desde a véspera. As laranjas escolhidas, a farinha torrada, o limãozinho a postos, as cachaças – no plural, porque tem a boa pra batida e tem a purinha pra um minuto antes de cair de boca – a pimenta, os engradados de cerveja... Engradados? Eram engradados, sim. Tu não tá lembrando porque a memória da classe média diminui junto com a queda do seu poder aquisitivo.

Domingo de Fla x Flu e a moçada se reunindo pra mais uma imortal feijoada. Chegava a ser um troço meio ritualístico, mas e daí? Que que o distinto tem contra um ritual que inclui cachaça, à sombra das goiabeiras em flor, piadas e mulher?

– Ô Anacleto, tira esse paletó!
– Manda o geleiro colocar as pedras no tanque com as cervejas.
– Seu Aguiar, tomei a liberdade de trazer uma caninha de alambique. É lá da minha terra, coisa fina...

E por aí afora... Era uma época, meus prezados, em que o – hoje chamado – status de uma família era medido pelo esplendor da cascata de camarão dos aniversários, e não pelo fato de residir, comendo sanduíche de mortadela, num dos sala-pinico-e-fogareiro do Edifício Struvenga du Marquis de Sade, com jardins de isopor e chafariz de acrílico, vendo-se na entrada a pitoresca escultura da cabeça do referido Marquês (ou Struvenga dele). Resumindo: os Sérgios Dourados da vida ainda não haviam começado (justiça seja feita: com a prestimosa colaboração das autoridades!) a destruir o corpo e a alma do Rio.

Recadinho: cumé, ô católicos? Vamo reagir que agora foi com a alma. Se o corpo sifu, não há problema contanto que não seja o de vocês – mas eu pergunto: e a alma? E A ALMA, POMBA?

Onde é que eu tava mesmo?

– Com a boca cheia de cabelo!

Pois é. Num domingo de feijoada e Fla x Flu, os homens tavam sentados nuns bancos verdes que ficavam embaixo das goiabeiras e, enquanto a batidinha escorregava, o Penteado, tremendo gozador, sugeriu:

– Vamos eleger a mulher ideal!

Todos acharam a ideia encantadora, menos o Anacleto, que continuava de paletó:

– Essa brincadeira... conheço meu gado... a Heronda é uma leoa.

De fato. Com espessos cabelos avermelhados, grossas sobrancelhas, indisfarçável buço e pelos nas pernas robustas, a Heronda lembrava um pouco o mamífero acima. E morria de ciúmes do Anaca, apelido posto, carinhosamente, pela própria.

– Deixa disso, Anacleto. E tira esse paletó, rapaz...

Penteado organizava:

– A gente vai pegando uma parte de cada uma. E tem o seguinte: eleição livre, voto direto!

Dá uma nostalgia, né?

Tio Odorico, meio afoito, abriu o marcador:

– As coxas da Renata Fronzi!

Meu avô, com a gravidade que o momento exigia do chefe da casa, sugeriu:

– A voz da Ísis de Oliveira.

Alguém, após cuspir um carocinho de limão, perguntou:
— Não vai ter nada da Virgínia Lane? Que que tu acha, Anacleto?
— Sei lá... essa brincadeira... a Heronda... sei lá...
Um grande momento da votação: a bunda. Meu primo Esmeraldo, conhecido pelas domésticas da Penha como "Simpatia-é-Quase-Amor", pigarreou e lascou:
— Olha, pessoal... Eu não sei se vocês vão achar meio fora da jogada, mas pra bunda eu voto, com todo o respeito, na arrumadeira aqui da casa, a Maria Luísa.
Verdadeira aclamação. O pai do Esmeraldo não se conteve:
— Tô orgulhoso de você, meu filho. Deus é testemunha de que...
Parou a frase no meio, com certeza embaraçado de tomar o Santo Nome num assunto – pra sermos precisos – tão bunda.
E a brincadeira foi em frente. Quando a mulher tava prontinha, com os seios da Isolda (que morava em frente), o umbigo da Isa Rodrigues, tudo certo, o Penteado lembrou:
— Pô, esquecemos do rosto!
Justamente no rosto, o Anacleto, já sem paletó, não aguentou. Era doido pela Eliana. Dizia mesmo que "era incrível ela topar aquela múmia", referindo-se ao Renato Murce, que acabava pagando o pato. Depois de um grande gole, falou grosso:
— Deixa comigo! O rosto é comigo!
— Rosto de quem, Anaca?
Era a Heronda, de mãos nas cadeiras, cabelos e pelos já se eriçando, mais leoa do que nunca.
Anacleto matou no peito, suspirou e chutou:
— Rosto... Em matéria de rosto, eu fico com o do Belini.
E levantando-se, à sombra das goiabeiras em flor, guimba de Astória no canto da boca, fez o convite, olhando pra dentro do copo:
— Senta aqui, nega. A gente tá brincando de viado.

PASQUIM Nº 342

MAL-ENTENDIDO NA VILA

NINGUÉM PODE NEGAR: o Lindauro era boçal, mas tinha o coração do tamanho de um bonde. Vivia na rua, de calção, soltando pipa com os garotos, cavando búlicas pra bolas de gude e disputando terríveis peladas com voz de comando:

– Deixa! Deixa!... Vai nela!... Por cima é o cacete!

E quando fazia uma jogada bonita, um lençol, um drible por debaixo das pernas, um gol de letra, olhava, cheio de falsa-modéstia, pra sua torcida: a Deyse, exemplo de esposa, que de sua janela-arquibancada incentivava todas as atuações do Lindauro.

O final da partida era sempre comovente: assim que o Lindauro, mais sujo que o carvoeiro, botava a bola embaixo do braço, Deysinha corria pra calçada e abraçava o craque:

– Meu Nilton Santos!
– Tô suando feito uma besta.
– Vai tomar banhinho pra jantar.
– Levei uma no saco que foi de cuspir o gogó.

Entendiam-se às mil maravilhas. Havia na grossura de Lindauro uma espontaneidade que fascinava a Deyse, cuja timidez e educação davam assunto constante ao amável bate-papo dos mais velhos:

– Moça tão fina... O que será que ela viu naquela zebra?

— Com certeza o rapaz é bem servido, hê, hê...

Bem servido a gente não garante, mas que a Deyse parecia um bocado satisfeita, lá isso parecia. Nos aniversários, o Lindauro, boca cheia de salgadinho, sapecava, em alto e bom som, uma teoria que granjeava cada vez mais adeptos:

— Entre marido e mulher vale tudo.

A empregada do casal contou para a arrumadeira da minha vó, que Lindauro, na ânsia de colocar sua teoria em prática, inventava pretextos à altura do famoso busto de Napoleão:

— O quê? Chuchu de novo? Terceira vez numa semana?!

— Mas Lin...

— Não tem mas-mas! Antes de dormir, enviarei a reclamação pelo canal competente.

Por favor, não julguem o nosso herói com muita severidade. Era, de fato, grosso, confuso, "meio bestalhão" (como dizia seu sogro), mas capaz de surpreendente ternura pela esposa.

Uma ocasião, Deyse, toda dengosa, disse que tinha "uma surpresa". Sua melhor amiga, de volta da França, lhe trouxera um "desodorante íntimo".

— Um o quê? Cumé o negócio?

Vocês já devem ter sentido o drama. O Lindauro provou e não gostou. Deysinha caiu em pranto convulso até altas horas da noite (umas onze, onze-e-meia...). E pra decepção daqueles que esperavam mais boçalidade, o desconcertado marido portou-se como um cavalheiro:

— Não fica assim, benzinho. Eu sei que você botou esse refrigerante aí pra me agradar, mas seu porquinho acha mais legorne o gosto antigo. Deve ser o tal do buquê, sei lá...

O pessoal, muito do fofoqueiro, dizia que Deysinha apanhava. Calúnias ditadas pelo despeito. Somente uma vez, num lamentável incidente, Lindauro deu-lhe vigoroso soco no nariz. Tava toda a rua comemorando o sexto aniversário do pequeno e terrível Walcyrzinho — festança que consagrou minha vó na Rua dos Artistas pela autoria do bolo "A Caravana do Rajá de Bagdá".

Lindauro disputava animada purrinha com outros apreciadores desse esporte, sempre incentivado pela suave e culta companheira. Pouco antes de cantar parabéns, o Penteado, um amigo da família, desafiou:
– Vamos uma só nós dois... Melhor de três.
Lindauro, só de onda, olhou pro seu amor como quem diz:
– Dá tempo?
E Deysinha, num assomo de verve, cultura e compreensão:
– Se não aceitares, parecerás pusilânime.
Pra espanto de todos, o Lindauro largou os palitos no chão e deu uma chapoletada no nariz da Deyse, que, segundo a sintética descrição de minha madrinha, "escorreu melado pela cara dela abaixo".
O motivo da hedionda agressão permaneceria oculto pra sempre, mas, felizmente, a empregada do casal achou um bilhete esclarecedor do próprio punho do Lindauro, que nós – num esforço de reportagem – transcrevemos na íntegra pros leitores do Pasca:

Fofinha, escrevo-lhe este para esclarecer um mal-entendido. Ontem quando você me chamou de pusilânime eu dei-te um soco na fachada por causa de que pensei que você tava me chamando de gilete. Saiba perdoar este que apesar de não ter estudo adora-te.

ASS. PORQUINHO

PASQUIM Nº 343

O COCÔ

– DESDE SÁBADO?! Mas hoje é quinta!

A frase cortou a mesa de jantar como a barbatana desse tubarão otário que andou fazendo sucesso nas telas e na imaginação de nossos mais representativos mentecaptos.

– Tu ficou muda, mulher? Hoje é quinta!
– Eu sei, Aderbal, mas o Júnior só me falou hoje e eu pensei...
– Pensou? E desde quando tu pensa? Cadê o Júnior?

Adentra o recinto Aderbal Júnior, sete anos, anêmico, magricela e chato. Obviamente, como todo garoto anêmico, magricela e chato, o Júnior tinha problemas intestinais. Pra sermos exatos, borrava-se frequentemente. Nada mais compreensível, portanto, que a aflição de Aderbal Pai ao saber que o Júnior há seis dias não fazia cocô.

– Telefona pro Doutor Waladão!

Enquanto a família aguardava o esculápio, uma prestativa vizinha, tendo ouvido apenas um berro do Aderbal do tipo "tá entupido", chamou Iná, a desvairada mãe, pelo muro e sugeriu:

– Põe soda-cáustica, minha filha.
– Bota na tua velha!

E o Aderbal, normalmente tão educado, tido na Rua dos Artistas como "um doce de coco", tava um bocado nervoso. Tanto que destratou também a Dona Otília, outra ótima vizinha, que após atravessar a rua para averiguar o motivo dos gritos, aconselhou com sua peculiar sabedoria:

– Ora, enfia a pontinha de um talo de couve molhado no azeite.

E o Aderbal, aparvalhado:

– Enfia aonde?

– Ué, no cuzinho...

– Talo de couve a senhora enfia na sua horta. No meu garoto, não!

Choviam sugestões:

– Chama a Heronda pra benzer a barriguinha dele.

– Manda comprar limonada purgativa.

Os priminhos do Júnior, cândidas e adoráveis crianças, não compreendendo a gravidade da situação, entoavam em coro:

– Saco-de-bosta! Saco-de-bosta!

Aderbal, pai extremoso, tomou a defesa do filho:

– Ou essas pestes param com a cantoria, ou eu arrebento um! Eu arrebento um!

Tio Odorico, pai do menino que regia o coro, não gostou:

– Olha aqui, Aderbal! Se tu encostar a mão no meu garoto, quem vai precisar de médico é você!

Aderbal, que já tava exasperado, deu prodigioso salto até a mesa onde jazia o jantar e arremessou uma travessa cheia de risoto de camarão em Tio Odorico.

Felizmente errou o alvo.

Infelizmente acertou em cheio a cara da esposa.

Houve um tumulto dos diabos, contornado graças à diplomacia do meu avô Aguiar:

– Noemia, traz o meu revólver.

Mas a paz durou pouco, porque o Penteado, tremendo gozador, fez uma piada infeliz:

– O menino com prisão de ventre e os adultos fazendo cagada!

Recomeçaram imediatamente as sugestões, os berros, o choro da Iná, o corinho de saco-de-bosta. Aderbal, momentaneamente ensandecido, gritava a esmo:

– Bota na velha! Arrebento um!

Dizem até que meu avô chegou a disparar duas vezes para o alto.

Toda a rua na janela. Frases chocavam-se nos oitis como pássaros malucos.

– Dá um chazinho de erva-cidreira.

– Chama a Radiopatrulha!

– Eu boto a tropa na rua!

Até Isolda, que morava quase em frente, pediu a Rodolfo que interrompesse as pancadas, e vieram os dois, abraçados, pro portão.

Nesse instante, saltou de um Citroën o Doutor Waladão, recebido com aplausos e gritos dos moradores:

– Graças ao bom Deus!

– Aí, mocinho!

– Fala, ô roto-ruter!

Doutor Waladão ouviu o caso com semblante de águia, aproximou-se do Júnior, e, com a frieza dos grandes discípulos de Hipócrates, sibilou:

– Não há mais nada a fazer.

Acocorado num cantinho do sofá, o Júnior, anêmico, magricela e chato como sempre, estava, como sempre, todo borrado.

A POSIÇÃO DA CLOTILDE

O PELÓPIDAS ERA A TRANQUILIDADE EM PESSOA. Chegava do trabalho, calçava os chinelos, botava um paletó de pijama em cima da camiseta e ia pro quintal. Depois de regar uma plantinha aqui, bater um prego lá, sentava-se num banco, acendia um Mistura Fina e ficava dizendo coisas pra si próprio:

– A goiabeira tá carregadinha... até que hoje tá fresquinho... bom, vou até a esquina tomar uma cervejinha.

E saía, jornal embaixo do braço, tão discreto que, praticamente, ninguém notava.

Praticamente, porque uma pessoa notava: Clotilde, segunda mulher do Pelópidas. E não somente notava, como corria pra janela e, por detrás das venezianas, zurrava:

– Já vai, hein? Lá é que é tua casa, né?

Uma pessoa que não soubesse da situação, diria que tais palavras não eram dirigidas ao Pelópidas.

Ele seguia sorridente, e parava pra escutar um passarinho, passava a mão na cabeça dos meninos, tinha uma frase gentil pra cada morador da Rua dos Artistas:

– Como está, Dona Otília? E a asma?

Ou então:

– Quero ver no domingo, hein Lindauro... barba, cabelo e bigode... dizem que o Castilho não joga.

Até mesmo Isolda, com má fama e tudo, merecia sua atenção:

– Boas-tardes, senhora.
Mal entrava no buteco:
– Salta uma Portuguesa casco-escuro pro nossa-amizade!
Essas pequenas demonstrações de afeto emocionavam o Pelópidas, que ficava com um pigarrinho de fundo nervoso:
– U-hum... Obrigado, Seu Joaquim. Como vão todos?
Enxugada a lourinha, Pelópidas fechava o jornal, pedia com distinção "a conta" e voltava pra casa assoviando sempre o mesmo chorinho – o "Naquele tempo", do Pixinguinha e do Benedito Lacerda, que se o amigo leitor não conhece, deve, agora mesmo, enfiar a cara no vaso sanitário e puxar a válvula.
Já dentro de casa, ligava o rádio pra escutar – se não me falha a memória – Jerônimo, o Herói do Sertão.
A tranquilidade em pessoa, ria com o Moleque Saci, enquanto apurava com destreza um calo no mindinho do pé esquerdo.
– Sempre com a mão naquele pé sujo, mamãe... É... Mas eu já cansei de falar... A casa dele é o botequim.
Todo dia, na hora do Jerônimo, Clotilde com a mãe no telefone:
– Quando acaba essa desgraça desse tal herói não-sei-de-quê, ele janta que nem um porco e vai pro quarto enquanto eu lavo a louça. Pois é, mamãe. Ronca pra cachorro. Não me deixa dormir a noite toda, só a senhora vendo... Carinho? A senhora tá brincando! Ele não cumpre o dever faz uns seis meses... É... Tá borocoxô... Ué, posso fazer nada, mãe... Fico no ora-veja... Ele não dá valor ao que tem em casa, mamãe... Pelo que os homens me dizem na rua, eu tô muito bem conservada.
Conservada, Clotilde? Só se for em formol! A cara era uma verdadeira granja: pé-de-galinha pra todo lado. Vê se te manca! Quem tá escrevendo esse troço sou eu e tu não vai ficar aí de palhaçada. Conservada, uma pinoia! Sua bruaca bexiguenta! Dromedário de subúrbio! Sofá da Tamakavi!
Desculpem o desabafo, amigos, mas o Pelópidas comia feito um passarinho, lavava a louça pra aquela cobra toda santa noite, não roncava bosta nenhuma, e quando ia deitar já encontrava a megera

toda esparramada, de boca aberta fazendo um barulho semelhante ao de um Scania-Vabis. Mesmo assim, ele abraçava o monstrengo e – pasmem! Cantarolava canções de ninar. Dava uma bimbada naquele fole dia sim, dia não, e ela, cínica, fingia que tava dormindo, mas bem que se acabava. Dê manhã cedo, o Pelópidas, um verdadeiro santo, trazia o café na cama e perguntava:

– Essa noite foi bom? Tu gostou?

A lacraia disfarçava, a boca lambuzada de manteiga:

– Gostou de quê? Tá maluco?

Não dizia nada, vestia o terno e ia trabalhar. Uns dez passos fora de casa, esquecia tudo: uma pipa lá no alto, um risco de amarelinha no chão – ele começava a assoviar "Naquele tempo" e bola pra frente.

Só uma vez nosso herói respondeu mal, e, assim mesmo, por engano. Havia tido um dia desgraçado na repartição, um calor de matar, o chefe-de-seção criando caso, um inferno... Depois da cervejinha, enquanto ouvia o Jerônimo, cochilou e sonhou com a segunda lua-de-mel, passada com a Clotilde no Quitandinha.

A onça, pra variar, falava com a mãe no telefone:

– Mas, mamãe... ele é um sádico, é um peso na minha vida...

Quando o maracujá-de-gaveta notou que o pobre Pelópidas tava cochilando, levantou ao máximo sua voz de muar:

– NÃO SEI QUE POSIÇÃO TOMAR DIANTE DISSO!

O Pelópidas, coitado, que teve seu lindo sonho interrompido dessa forma, confundiu tudo, e, meio dormindo, meio acordado, disse com um sorriso dos mais safados:

– Posição?... Acho que deverias tomar naquela que tanto apreciamos, com as mãos nas bordas da banheira.

PASQUIM Nº 345

AMOR NAS COXAS

A VILA NÃO QUER ABAFAR NINGUÉM, mas moradora com o caráter e a gentileza da Yolanda não é pra qualquer bairro, não senhor.

Fim de tarde, rolinha entre rolinhas, sapecava no chuveiro o repertório do Augusto Calheiros.

– Acoooorda, patativa. Vem cantar...

Eram gorjeios de tão profundo sentimento, que deixavam o Ambrósio um tanto ao quanto lírico:

– É só começares a cantar essa música, e me dá vontade de pendurar as cuecas nas tuas cordas vocais, colibri.

As leitoras chegadas ao feminismo talvez não deem o devido valor a esse tipo de galanteio, mas que o ibope do Ambrósio subia, isso não tem dúvida.

É bem verdade que nem só de gentileza vive um matrimônio. Ambrósio era fogo. No que a Yolanda saía do banho, com talquinho e tal-e-coisa, já encontrava o Ambrósio nu, deitado no sofá da sala, fingindo que fazia acumulada.

– Neném vai se resfriar.

– Meu edredom é você!

E tome polca.

Tiveram um começo de namoro inesquecível: um piquenique em Paquetá, a boia da Yolanda virou por culpa de inesperada marola. Em pânico, a jovem começou a gritar por socorro. O Ambrósio que, próximo ao local do acidente, com a cara mais sonsa deste mundo, tirava a água do joelho, berrou, exibindo a têmpera dos homens de ação:

– Que socorro, o cacete! Fica em pé!

Ora vejam só: aturdida e meio engasgada, a Yolanda tava com a água pelo meio das coxas.

E que coxas!

Quando o Ambrósio viu o monumento, interrompeu o xixi e tratou de amparar aquilo tudo:

– Calma, minha flor. O pior já passou.

Valorizava sua própria atuação com frases dramáticas.

– Por momentos, pensei que havia chegado a tua hora... Ainda bem que eu tava por perto e...

Compreendendo o "perigo" que correra, Yolanda ameaçou desmaiar. O malandro do Ambrósio, que tava só esperando uma deixa, pegou o material no colo e saiu da água com estardalhaço, já disposto a aplicar o famoso método "boca-a-boca", gritando feito polícia quando chega com atraso ao local do crime:

– Afasta! Afasta! Não há nada pra ver!

Foi quando apareceu, vindo da barraca de caldo de cana, o padrasto da Yolanda:

– Que palhaçada é essa?

– Esta senhorita tava se afogando e eu...

– Ele me salvou, pai!

– Hum... Muito obrigado, senhor... qualé a sua graça?

– Ambrósio Gadelha, às suas ordens!

Convidado a comer alguma coisa, Ambrósio entrou de sola na galinha, incentivado pela Yolanda:

– Vai na coxinha!

Depois de breve digestão, o vivaldino contou anedotas magníficas, plantou bananeira e chegou mesmo – num excesso de entusiasmo – a imitar um boto, com o calção arriado. A alegria de Yolanda compensava todo e qualquer esforço.

Na volta, apaixonado e coberto de brotoejas, Ambrósio esculpiu a canivete um coração no banco da barca Terceira, datou, e escreveu, solene: Yolanda e Gadelha. E cravou no coração de madeira – e no coração da Yolanda – a seta dos enamorados.

Casaram-se em tempo recorde.

As tias murmuravam, enlevadas:

– Ah, o amor pode tudo...

Os tios, mais experientes:

– Ah, a força de um par de coxas...

No fundo, no fundo, todos tinham razão: o que é o amor sem um par de coxas, e vice-versa?

Viviam como manda o figurino: discretos e caseiros, jamais brigavam e saíam muito pouco, apenas pra ver, no Tijuquinha, filmes de faroeste, a segunda paixão do Ambrósio. Quando chegavam do cinema, nosso herói comportava-se de forma ousada e viril:

– Sobe no bufê! Põe sapato alto!

Ela, de temperamento calmo, filha de Maria:

– A gente acabou de papar! Dá congestão! Espera a hora de mimir.

– Só se tu prometer que vai ser barba, cabelo e bigode.

Que eu me lembre, tiveram uma única briga séria: num Sábado de Aleluia, encontraram, na saída do cinema, o Barata, colega de repartição do Ambrósio, que, com a maior cara de pau, foi se convidando pro jantar. O gozado é que o Ambrósio tava meio sem graça, talvez devido à reputação de conquistador do outro, que, pra piorar a jogada, tinha um apelido misterioso: Capota Arriada.

Justamente quando o Ambrósio, com duas cervas na cabeça, começava a descontrair, a Yolanda deu o terrível vacilo:

– Quer mais, Seu Barata?

– Vou aceitar, sim senhora. Mas só mais um pouquinho. Eu já tô de olho-grande, hê, hê...

– Vai na coxinha!

Ah, perfídia das perfídias! Logo na coxinha, parte preferida do dono da casa? Na coxinha? Logo lá? Pois não foram as coxinhas, em Paquetá, o princípio de tudo, o cerne mesmo da felicidade?

Yolanda, tu é das minhas, mas deste uma bofetada no Ambrósio!

Que, por sinal, atirou a cadeira pra trás e, com as mãos na altura de imaginários coldres, rosnou:

– Já basta, Barata! Essa coxinha é pequena demais pra nós dois!

E olhando pra Yolanda com cara de John Wayne:

– Amigos, amigos, galinhas à parte!

TERÇA-FEIRA GORDA COM MUITA HONRA

– É HOJE SÓ, AMANHÃ NÃO TEM MAIS...

Primo Esmeraldo, conhecido na Penha pelo apelido de "Simpatia-é-Quase-Amor", trajava um brinco só, bolero de cetim, sutiã de casquinha de sorvete, uma saia estampada da senhora sua mãe (lá dele) e botinas.

A Galeria Cruzeiro tava botando gente pelo ladrão e o Esmeraldo, mesmo com a cuca cheia de lança-perfume e cerveja, começava a sentir os efeitos do "é hoje só...".

Escutava a batucada meio longe, cuspia toda hora, achava a melindrosa em frente menos boa e ficava repetindo:

... pedacinho colorido de saudade, ai, ai, ai, ai...

Salvo pela gritaria de "Flamengo, Flamengo, tua glória é lutar...".

– Mengo, tu é o maior! O cavalheiro aí lembra do Mestre Rubens, do Tricampeonato? MengÔÔÔ!

O mencionado cavalheiro era um índio, ricamente confeccionado com as penas de uma galinha carijó roubada e comida um dia antes, em Ramos, índio pra lá de bem-educado, desculpou-se com meu primo pelo lapso de memória:

– Lembro não... Tô caindo pelas tabela...

A frase acima, queridos leitores, define bem a sinceridade de uma época. Olhaí, cambada, apuremos nossa abordagem sociológica. Um sujeito, vestido de índio carijó, disse:

– Tô caindo pelas tabela.

Sacaram? Hoje em dia, mesmo os mais empedernidos moradores de Ramos, ao se desculparem pelo bebum, exibem boné da Pepsi e camiseta da Maçachutes Universití e dizem:

– Isquiusmi, mas o piloto aqui tá batendo nos guardrails, morou?

Convenhamos: uma piora considerável.

Ô Copersucar, tu devia pegar aquela baba toda e distribuir patinete na Rocinha. Velocidade é coisa de coelho. Fora a V-2! Viva o V-8!

Desculpem o estilo, mas carnaval é isso aí.

Quando o Esmeraldo ia ficando triste outra vez, apareceu a maior odalisca.

O "Simpatia-é-Quase-Amor", num imperdoável erro de geografia, mandou essa:

– Qual o nominho da minha flor-de-lótus?
– Raimunda, mas me chama de Dadá.
– Dadá! Gugu, Dadá! Dá... Dá...
– Não dou!

Deu. Horas mais tarde, num escuro vão-de-loja da Senador Dantas, em pé, Raimunda, ou melhor, Dadá, deu.

E foi belíssimo. Uma conquista valorizada por sanduíches de pernil e salaminho, bolinhos de bacalhau, tira-gostos finíssimos regados a chope, e, até mesmo, num discreto restaurante da Lapa, dois ovos com uma porção de arroz "unidos venceremos".

Esmeraldo, com um peixão daqueles, sentia-se um verdadeiro sheik. Chamava o garçom mulatinho batendo sonoras palmas e atacava:

– Outro vermute traçado aqui pra minha bela aventureira.

Na despedida, ali no defunto Largo da Carioca, o galante suburbano fez uma paródia da marchinha "Ala-la-ô", do grande Nássara, da qual apresentamos um trechinho:

"Alá-la-u-u-u-u, u-u-u...
lá vai piru, u-u-u, u-u-u...
atravessando as celulites da Raimunda.
a trolha entortou, imitando uma corcunda..."

E riam a estandartes despregados, doces crianças carnavalescas.
De volta pra casa, meio derrubado num bonde, o Esmeraldo sentiu o gosto do corpo da Raimunda.
Aquela odalisca tinha gosto. Ele não sabia de quê, mas que tinha, tinha. Não era doce, nem salgado, nem puxava pra pimenta...
Então, lembrou-se dos padrinhos, Dona Noemia e Seu Aguiar, que moravam em Vila Isabel, na Rua dos Artistas, e eram grandes carnavalescos. Esses simpáticos velhinhos passavam horas descrevendo o Corso, as ruas atapetadas de confete e serpentina, e tinha uma hora que Seu Aguiar sempre dizia, com olhos sonhadores:
– E o Ameno Resedá! Ah, o Ameno Resedá...
Esmeraldo, desde essa época, achava que a beleza, o tesão, tudo que valia a pena, era aquilo.
Deixou cair uma lágrima na casquinha de sorvete do seio esquerdo, mas logo depois sorriu: aquela Raimunda, odalisca, mulata, rechonchuda, tinha gosto de Ameno Resedá.

CACHORRADA FATAL

Por incrível que pareça, os ciúmes do Peixotinho começaram por causa de um cachorro bassê.

Grande papo, profundo conhecedor de charadas, com vasto repertório de anedotas (o carro-chefe era aquela do bode-lambreta), o Peixotinho comemorava qualquer coisa. Por exemplo: o primeiro aniversário de sua operação de apendicite; os dois meses do aparecimento em sua casa de um curió, que se tornou "membro-da-família", os três anos de uma goiabeira plantada por ele mesmo, que era apresentada, de modo um tanto coruja, aos novos amigos que visitavam o quintal:

– Linda, né?... Só falta falar!... Prova umazinha... chama Neide.

Com um temperamento desses, nada mais natural que a comemoração máxima fossem os aninhos da Geralda, sua virtuosa esposa.

Virtuosa a ponto de, na lua-de-mel do casal, haver resistido setenta e duas horas aos ataques do Peixotinho, porque este teimava em "deixar a luz acesa".

– Não, não e não. Mil vezes não!
– Que que tem, neguinha?... Pô, eu tenho direito de ver.
– Ver o quê?

Foi preciso uma jogada sórdida:

– Ora, ver... Ué... Tua... Tua virtude!

Pronto! A Geralda se derreteu toda. Chegou até – distração, tadinha – a perguntar, em pleno embate amoroso:

– Tu tá gostando da minha virtude?

E o Peixotinho, ofegante e lírico:

– Neguinha... Hunft... nas procissões, tu é que... Groufizz... devia ir no... andooooooooor...

Nesta memorável noite, em que "a cidadela foi finalmente conquistada" (palavras do próprio marido), enquanto fumava um Saratoga no que Vinicius de Moraes chamaria "silêncio de depois", o Peixotinho suspirou:

– Setenta e duas horas!... Sim senhora, foi um bocado duro.

Sintam a presença de espírito da Geralda:

– Eu que o diga, meu nego.

Criatura maravilhosa, né?

Quem foi que disse não aí? Ô palhaço, fica discordando, fica... Vai nessa de distensão, que tu acaba engessado, seu quadrúpede.

Vou repetir:

CRIATURA MARAVILHOSA, NÃO É?

Isso, gente boa. Agora, sim. Tudo vaca de presépio. Pra usar uma antiga expressão aqui do Pasca, todo mundo inserido no contexto.

Mas como eu tava dizendo, a festa de aniversário da Geralda era um troço: cascata de camarão, doce de tudo quanto era tipo, e cada bolo!

No ano em que os ciúmes começaram, minha avó Noemia realizou verdadeira obra de arte: montado em três tabuleiros, o imortal bolo "O Circo Chegou!", que me levou às lágrimas, não só pela sua beleza, como pelo tapa que tomei ao enfiar o dedo no glacê.

Uma semana antes da festa, o Peixotinho tinha um dilema: o presente. Bastante nervoso, comentava com os amigos:

– Ela tem tudo... Eu dou de tudo àquela mulher.

Foi quando o Penteado, tremendo gozador, sugeriu:

– Dá um bassê, Peixotinho. Tenho certeza de que ela vai gostar. O bicho é a tua cara.

Entre risadas gerais, o Peixotinho, afável como sempre, revidou:

– Dizem que essa raça tem mais pulga que a tua mãe.

Mas, a partir da brincadeira, o Peixotinho começou a achar que era uma ideia legal: sem filhos, a meiguice em figura de gente, Geralda na certa iria delirar com um cachorrinho.

Na véspera do aniversário, o Peixotinho comprou um bassê e pediu a uma vizinha que o escondesse:

– Brigadinho, Dona Otília. A senhora sabe, é uma surpresa.

E que surpresa! A Geralda ficou feito doida: bateu palma, deu gritinhos, beijou alucinadamente o focinho do cachorro, enquanto o Peixotinho mantinha pendurado na cara um desses sorrisos ridículos e comoventes que só a felicidade total provoca.

Momentos depois, nosso herói abaixou-se para fazer uma festinha no totó e tomou selvagem dentada no mata-piolho esquerdo. Aturdido, exclamou:

– Ô filho da mãe!

– Não fala assim com elezinho!

– Mas ele, essa bosta aí, me mordeu... tá saindo sangue, pô.

– Ora, Peixoto!... Vê se te manca... Tu é um homem ou é um rato?... Hideraldo não fez por mal.

– H-i-d-e-r-a-l-d-o?

Numa singela homenagem ao zagueiro do Clube de Regatas Vasco da Gama, o bassê fora batizado com o nome Hideraldo Luís Belini.

Sentindo-se o pivô da discussão, o bicho passeava de um lado pra outro, lançando, de vez em quando, furtivos olhares pro Peixotinho, olhares esses que eram verdadeiros espelhos do seu reprochável caráter canino, verdadeira mancha na reputação da comunidade bassê.

Pra cúmulo da situação, o abominável cachorro deitou-se de barriga pra cima, sorrindo pra Geralda de maneira acintosamente obscena e murmurou com notável falta de pundonor:

– Au-au...

Repararam nas reticências? Sacaram o convite nas entrelinhas? Pois não foram os únicos.

Chocados, os convivas foram se retirando e começou o calvário do Peixotinho. Deu pra beber, tinha um pesadelo repetido em que

Geralda aparecia de camisola com Hideraldo Jr. nos braços, acordava encharcado de suor, lutava desesperadamente para não acreditar no que se passava sob seu teto, diante de seus olhos.

Uns seis meses depois, bastante acabado, Peixotinho ia saindo pro trabalho quando surpreendeu Hideraldo no portão, conversando com o Rex, cachorro da Isolda.

O crápula, enquanto alisava os bigodes com a pata, latia vantagem:

– Pois é, meu chapa... Mulher de dono meu pra mim é homem. Só como a...

Não pôde terminar. Peixotinho deferiu-lhe, ali mesmo, dois tiros no sensual focinho.

PASQUIM Nº 352
O MISTÉRIO DA JURACY

À PRIMEIRA VISTA, NÃO ERA LÁ ESSAS COISAS. Nem à segunda vista. Mas sabe esses canários meio mirrados, um tanto ao quanto desbotados e que quando a gente vai ver canta melhor do que os outros? Manja vira-lata? Um desses que ninguém dá nada por ele e que, no fim das contas, revela mais qualidades do que qualquer pastor metido a alemão? Ou alemão metido a pastor?

Pois é: Juracy não tinha pedigree, mas toda a Rua dos Artistas se orgulhava dela. Por quê? Sei lá, pô! Tu sabe por que que um canário canta melhor do que outro? Hein? E um vira-lata? Como é que pode valer mais do que um pastor alemão? Tu explica?

Então não enche o meu saco e deixa eu continuar.

Me lembro de um anúncio da época que dizia um troço assim: nem viajando com as famosas Botas de Sete Léguas você verá tanta coisa bonita como no Almanaque d'O Tico-Tico. Pois eu achava que a Juracy tinha a mesma beleza. Bordava "toalhas artísticas", fazia damascos caramelados só comparáveis aos da minha vó Noemia, me emprestava o Tiquinho, e, de quebra, sentava-se no quintal, toda tarde de verão, numa "cadeira-chaise-long-embelíssima-cana-da-índia", abanando-se com um leque de motivos orientais. Nesses momentos tornava-se levemente melancólica e deixava escapar frases prenhes de sutileza:

– Calor de rachar, sô!

Vocês já devem ter manjado que Juracy foi meu primeiro amor.

E eu tinha um ciúme dela desgraçado, principalmente naquele maldito dia do mês, em que a Jura, geralmente tão alegrinha, ficava triste pra burro, e fazia pra minha mãe a misteriosa confissão:
– Veio ontem.

Quem? Ah, se eu botasse as mãos no canalha! Eu sentia sede de vingança e tomava guaraná como um louco. Espreitava a porta de minha amada, montado num cabo de vassoura, com a espingarda de rolha pronta pra disparar, e só batia em retirada se a situação fosse extremamente adversa:
– Vem pra dentro, garoto, que tá chuviscando!

Aí, eu virava pro Lothar e pros pigmeus, e disfarçava:
– Vamos, rapazes. Dale Arden está bem.

E empinando o cabo de vassoura:
–Aiôôôôôu, Silver.

Eu era um garoto meio confuso.

Também, pudera: alguns dias depois da Visita do Homem Invisível, Juracy voltava a ser a simpatia de sempre, a minha Juracy, Jura, Jurinha. Radiante, ela explicava (complicava) pra minha mãe:
– Foi embora ontem!

Pô, se ela ficava feliz quando o malandro se arrancava, pra que que deixava ele entrar? Não abrisse a porta, ué.

Uma tarde – dava pra ouvir lá longe o assovio agudo de um amolador – não guentei mais. Jura tava num dos tais dias e eu resolvi botar pra quebrar.

Fui ao buteco da esquina, derrubei uns guaranás para tomar coragem, e quando vi a Jura passar de volta da aula de corte e costura, me plantei bem no meio do caminho dela, e, trêmulo, perguntei:
– Que nego... que negoço é esse de já veio e já foi? Quem é que fica indo e vindo feito... feito... feito ioiô na tua vida?

A Jura passou a mão na minha cabeça e murmurou, mais misteriosa do que nunca:
– É o que me faz mulher.

Aí, eu me senti miseravelmente traído, chorei feito um bestalhão, fiz greve de sorvete uns três dias, guardei Silver na despensa e, o que é mais grave, fiquei irremediavelmente tarado por mulher enigmática.

É aparecer uma e eu começo na mesma hora a fazer soneto, tomar umas canas, essas bobagens...

Poxa, Jura, Jurinha, minha Dale Arden, complicaste a minha vida.

Por que tu não disse logo que tava de paquete?

Eu não ia entender da mesma maneira, mas diria qualquer coisa do tipo "daremos um jeito", sem precisar passar vexame na frente do Lothar e daqueles pigmeus todos.

PASQUIM Nº 353

UMA AQUI PRO NOSSA-AMIZADE

NEGOÇO DE BEBIDA É FOGO. Não sei direito como é que comecei a tomar umas e outras. Capaz de ter sido porque até lá, na Rua dos Artistas, tinha nego se desentendendo.

Por exemplo: Lindauro e Ambrósio. Ótimas pessoas, os dois e, no entanto, "não se davam".

Esses troços me deixavam meio cabreiro. Tava comendo solta uma feijoada, um aniversário, um jogo de sueca, e, de repente, davam de cara um com o outro os tais caras que "não se davam". Eu chegava a ouvir música de faroeste diante do inevitável duelo:

– Camoni-se, boy!

E não é que justamente na hora do tiroteio pintava a garrafinha? Meu avô Aguiar, com a maior tranquilidade, surgia com uma de alambique:

– Já provou dessa, Lindauro? Um beijo de virgem!... E você, Ambrósio? Tira esse paletó, rapaz. Tu não é cabide.

Não foi à toa que o Penteado, tremendo gozador, apelidou aquela cana de "Pomba da paz".

Meus chapinhas, os dois desafetos davam pro santo, beijavam a virgem, e olha aquela luzinha lá no fundo do olho.

– Da boa! Essa é da boa!

– A amostra tava boa, hê, hê...
Aí, o meu avô enchia de novo os copinhos e deixava escapar:
– Vai ser fogo... Tão dizendo que o Castilho não joga.
Lindauro se empolgava:
– Por mim, tanto faz. Jogando ou não, vai ser barba, cabelo e bigode.
– Ora, Lindauro. Com aquele time de palhaços?
– Não enche, Ambrósio! O Flu vai dar um baile.
– Só se for lá na sede, com você de pó de arroz e sapato alto.
– Sapato alto usava o teu pai – que Deus o tenha! – na Praça Tiradentes.
E quando o pau ia comer, o meu avô dava um soco na mesa:
– Noemia, traz umas geladas, que tem dois jumentos esquentados em plena sala!
Envergonhados, os dois refrescavam e refrescavam-se:
– Bom, futebol é no campo. Saúde, Ambrósio!
– Brigado, Lindauro. O importante é competir. Às nossas boas qualidades e às qualidades das nossas boas.
Se um arrotava, o outro logo socorria:
– Saúde, dez! Educação, zero!
E tome brinde.
Quando já tava todo mundo meio de porre, Ambrósio, rapaz de fina sensibilidade, exigia de minha tia Cicinha a espetacular interpretação, ao piano, do "Despertar da montanha". Depois, Ambrósio levantava-se e, com a mão direita sobre o coração, cantava "O ébrio", acompanhado por minha prendada tia, e Deysinha, esposa do Lindauro, no acordeão.
Cantava como se estivesse a ponto de fazer xixi nas calças, as pernas apertadas, ligeiramente inclinado pra frente, o rosto doloroso. Uma vez, no Natal, de fato mijou-se todo.
Sei que é meio difícil de acreditar, mas o Lindauro chorava feito uma vaca, e quando o número chegava – infelizmente – ao fim, erguia o Ambrósio do chão e proclamava:

– Tu é o uirapuru de Vila Isabel! Tu canta feito um rouxinol, um pelicano, uma patativa, uma... uma... uma merda dessas!

Bacana, né?

Tinha um poeta lá na Vila que era meio maluco, autor da célebre frase "solidão é um bonde a nove pontos pelas ruas desertas do passado". Essa, eu acho que vocês já conheciam. Lá vai outra:

– O bom bebedor sempre enche o copo de bebida e de amizade.

E a grande demonstração da verdade dessas palavras, eu vi, um dia, num velório.

Tavam lá todas essas pessoas que eu apresentei a vocês por meio do Pasca, e todo mundo sofrendo paca.

Foi quando entrou o Lindauro, esbaforido:

– Tem um bar na esquina!

Os homens saíram pra sofrer lá, que é onde homem sofre. Os garotos foram também, pra aprender a ser homem.

O chope nunca era pedido da mesma maneira. Waldyr Iapetec, Ceceu Rico, Penteado, Tuninho Sorvete, Lindauro, Ambrósio, um gango de marmanjos com os olhos vermelhos, revezavam-se:

– Amigo, dez garotos!

– Mais dez douradinhos aqui nas boca!

– Me traga mais desse diurético.

– Por favor, acenda de novo as velas.

– Mais quinze coraminas!

– Garçom, sai mais dezoito sepulturas da memória!

– Jovem, solta mais vinte canarinhos da gaiola!

– Ô meu filho! As calibrinas, as calibrinas...

– Uma rodada de Alfavacas ao Luar pra todos. Que tal?

– Renova o estoque!

A grande tirada, como não podia deixar de ser, ficou por conta do Penteado:

– Psiu! Tem morango com creme?... Não? Que absurdo!... Tsk, tsk... Bom, então o jeito é trazer mais chope pra todo mundo.

Na saída do cemitério, o Lindauro, meio engasgado de lágrima e chope, comentou, abraçado com o Ambrósio, também meio engasgado pelo abraço do Lindauro:

– Ele ia ficar feliz de ver.

Eu, um menino ainda, achei tudo igualzinho ao funeral de um viking.

Bom, cês dão licença. Tô meio comovido e doido pra tomar umazinha.

A MEDEIA DE VILA ISABEL

JURACY NÃO ERA A ÚNICA PESSOA MISTERIOSA da Rua dos Artistas. Madame Zenaide ainda era pior.

Não era cafetina, não, ô afobadinho! Pra seu governo, era cartomante, quiromante, ocultista, o escambau, chegando mesmo a possuir um pêndulo rabdomântico.

Ninguém sabia se aquela meleca de pêndulo melhorava ou piorava as coisas – nem dava pra dizer que existia no duro – mas, por medo, não se falava em outra coisa. Feito a tal distensão, né?

Madame Zenaide recebia os clientes com hora marcada. A casa ficava quase na esquina com a Ribeiro Guimarães, e era dessas casas que, por mais sol que faça, continua vivendo seu próprio inverno. As janelas nunca se abriam, o jardim da frente tava sempre coberto de folhas secas, e de noite... Bom, de noite eu não sei direito porque eu tinha uma árvore-limite: pra lá da árvore era território sioux e havia um tratado a ser respeitado e coisa-e-tal. Tá na cara que Madame Zenaide era o Touro-Sentado. Dependendo da brincadeira, era o Capitão Gancho, o Professor Moriarty...

– Calma, Holmes! Não seja louco!

– Bah, Watson! Você está é com medo. Vou levá-lo a um lugar seguro.

E voltávamos: eu, esplêndido no papel de Holmes, e no papel de Watson, eu também.

Muitos moradores da Rua dos Artistas benziam-se diante da casa de Madame Zenaide. Falava-se da existência de portas secretas, criação de sapos e corujas, fervuras num enorme caldeirão, sacrifícios de bodes e até de – MANHÊÊÊÊ!!! – crianças.

Algumas pessoas da minha numerosa família já haviam consultado a Medeia da Vila.

O Lindauro, por exemplo, suou frio o tempo todo e agarrou-se na cadeira com tanta força que, terminada a consulta, ia saindo com cadeira e tudo. Já no botequim comentou com alguns amigos:

– O negoço é fogo! Tu fica com a boca tão seca que depois tem que tomar umas seis cervejas.

Ouvindo essas aterradoras palavras, todos os frequentadores do buteco marcaram hora com Madame pro dia seguinte.

Uma vez, botando cartas pra Yolanda, Madame viu "uma mulher loura". Yolanda teve um rápido desmaio. Refeita, justificou-se com elegância, sem ser pernóstica:

– Vim de estômago vazio.

Todos aqueles que tiveram coragem de ir naquela verdadeira sucursal do inferno concordavam pelo menos num ponto. Rondava pela saleta de consultas um gato que era a encarnação do mal. Tinha um nome parecido com Satã. De olhos verdes cheios de ódio, mudava de cor. Um dia era preto e perverso, outro era branco e doentio.

Coisa impressionante!

Um Domingo de Ramos, altas horas da noite (quase nove) Holmes mais Watson penetraram no jardim do castelo de Madame Zenaide. Uma escuridão mais impenetrável que livro-caixa de sociedade arrecadadora. E então...

– Que foi, menininho? Se perdeu de seus pais?

Meu Deus, o monstro em pessoa!

– Entra, que eu vou telefonar pra sua mãezinha. Enquanto isso, você come doce de abóbora com coco. Tá magrinho...

(Pronto, vai me engordar pra depois comer.)

Errei. Mamãe veio meio apavorada, mas eu já tava na maior: dois pratos de doce, dois guaranás, bombons e cafuné.

Desse dia em diante, de posse de mais um segredo – e pra esquecer a Juracy – passei a frequentar a casa de Madame Zenaide.

Assim que saía o último cliente, Dona Zenaide regava plantinhas, fazia tricô, preparava compotas, tomava chazinho de quebra-pedra (muito bom pro rim), olhava antigos álbuns de retratos, e ficava meio conversando com mortos queridos, especialmente o marido, motorneiro aposentado que arranhava bandolim e era Vasco.

– Sócio-fundador. Tocava direitinho vários choros do Pixinguinha, do Jacob, do Luiz Americano... Muito amigo do Benedito Lacerda.

Frequentemente, falando do marido, fungava um pouco, mas, pra minha alegria, disfarçava:

– Vou lhe contar uma história.

– O Sargento Verde!

Ouvíamos atentamente.

Ouvíamos?

Ouvíamos, sim, ô paspalhão, Holmes, Watson, eu, um canário que a velhinha tirava do sereno e os dois gatos.

Porque eram dois, um branco e outro preto, e chamavam-se, respectivamente, Novelo e Mimoso.

O Penteado, tremendo gozador, é que tinha razão quando afirmava:

– A infância é uma idade na qual são permitidas só algumas das infantilidades dos adultos.

DILMA DE OLHOS NO CHÃO

Fragoso tinha a cinematográfica segurança das pessoas falsamente virtuosas. Sua exagerada preocupação com a elegância levava-o a engomar tanto o terno de linho que nem dava pra andar direito. Penteado, tremendo gozador, não perdoava:

– Paletó mais duro que esse só o de madeira!

Mas o Fragoso não se dava por achado. Ajeitava um imaginário defeito no nó da gravata e exibia um risinho afetado, só no canto esquerdo da boca.

Bastante antipático, não raro provocava comentários desfavoráveis:

– Ô boquinha boa pra sentar um murro!

– Arrumadinho... Perfumado... Sei não... Pra mim, esse cara é chegado a um quibe cru.

Exagero. Fragoso não tinha nada de boneca. Era metido a besta, isso sim. Desse tipo de cara que se acha o MAIOR, e trabalha por uma casa MAIOR, um carro MAIOR, um período de férias MAIOR, e termina a vida numa enfermaria, discutindo com o vizinho de leito quem é que tem o câncer MAIOR.

Já a Dilma era uma simplicidade: trabalhava o dia todo, pano na cabeça, chinelinho surrado. O calhorda do Fragoso justificava:

– Empregada pra quê? Dilma adora o serviço de casa. Pra ela é diversão. Né, meu anjo?

Dilma concordava, de olhos no chão.

As comadres da Rua dos Artistas comentavam que a tristeza da Dilma era pela falta de respeito do Fragoso. Prosa como ele só, chegava em casa tarde, a voz adocicada pelas batidas de maracujá, uma rosa de batom na lapela.

Dilma, de olhos no chão, perguntava baixinho:

– Quer jantar?

Era humilhada.

– Já comi.

E gritava do banheiro:

– Um homem como eu tem que comer fora de vez em quando.

Dilma, de olhos no chão, escutava o jorro forte da urina e sentia um grande desamparo.

Se ia na cartomante, era batata:

– Vejo uma mulher morena.

Na semana seguinte, voltava, um fio de esperança amassado no lencinho de renda:

– Vejo uma mulher loura.

Mal entrava em casa, via a carta no chão. Se atendia o telefone, vozes disfarçadas sussurravam:

– Teu marido tem outra no Engenho Novo.

– Aqui é uma amiga que não quer te ver fazendo esse papel.

Vizinhas davam conselhos:

– Bota uma roupa decente! Te trata, mulher!

– Deixa de ser boba! Arranja um você também!

Dilma, de olhos no chão, sentia aumentar uma certeza assustadora: ninguém compreendia nada de nada.

Uma vez, mais por curiosidade do que por esperança, foi a um Centro na Pereira Nunes onde a Heronda se desenvolvia. Assim que entrou, uma pombagira deu de assobiar, e, gritando, apontava em sua direção o dedo torto:

– Figueira do diabo! Tu nunca vai fazer bolo solado!

Escreveu para o "Anuário das senhoras" pedindo auxílio.

A famosa Colette respondeu de forma inesquecível: "A consumação pelo fogo não representa destruição e sim transformação. Confie e espere."

Em agradecimento, Dilma revelou ao Anuário sua receita secreta de pão de ló de laranja.

Doce festejadíssimo, nem mesmo minha vó Noemia se atrevia a competir com a Dilma.

Tanto assim que, naquele domingo de Páscoa, Dilma veio para o monumental cozido munida do seu pão de ló:

– É pras crianças.

– Não precisava se incomodar, querida.

Todo mundo reparou na ausência do Fragoso, mas ninguém disse bulhufas. A própria Dilma, de olhos no chão, explicou baixinho.

– Foi ver um tio doente em Belford Roxo.

Lá pelas cinco da tarde, tava todo mundo no quintal falando de goiaba, futebol, o maior papo, quando surgiu o Fragoso. Vinha indiscutivelmente bêbado, duro dentro do terno de linho engomado, com aquela meticulosidade de gestos de quem tá com a cisterna cheia.

Nem se dirigiu à esposa. Foi logo enchendo cuidadosamente um copo de cerveja sem espuma, enquanto dizia:

– Hoje me contaram uma boa... Cês manjam a do papagaio que se escondeu na privada? Hê, hê... Tinha um papagaio que tava por conta com a dona que deixava ele no sereno. Aí, ele fez o seguinte... AAATCHIMMMMM!

Ainda rindo do efeito que a piada causaria, Fragoso, meio bambo, meteu a mão no bolso do paletó, tirou de lá uma calcinha de mulher e assoou vigorosamente o nariz na delicada peça íntima. Fez-se um silêncio que chegava a zunir nos ouvidos.

Fragoso, quando viu a mancada, armou seu risinho afetado e, com o maior cinismo, disse pra Dilma:

– Sabe o que foi, meu anjo?... Não achei lenço na hora de sair e, pra não te acordar, peguei a primeira coisa que...

A garrafa de cerveja acertou bem no cantinho esquerdo da boca, bem no risinho e foi pedaço de dente, sangue e caco de vidro pra todo lado.

Mais tarde, Dilma, de olhos no chão, falava baixinho como sempre pra minha vó:

– O que eu aturei ninguém aturava... A senhora sabe... Mas dizer que eu não faço o meu trabalho, isso não. A gaveta do camiseiro tá cheia de lenço limpo passado a ferro. A senhora pode ir lá ver.

PASQUIM Nº 356
O MAIOR NOIVADO DA VILA

O NAMORO ESMERALDO X JURACY DEU O QUE FALAR.

Teve um começo acidentado, no dia do aniversário da minha vó Noemia. Vovó, que se matava de trabalhar em toda e qualquer festa, ficava emburrada no dia dos anos dela:

– Besteira! Comemorar o quê? Tenho mais o que fazer!

Então, pra não contrariar, o pessoal preparava uma festinha íntima: não mais que sessenta convidados, uma cascata de camarão, só vinte tipos de doce (afinal, não era festa de criança), outros tantos salgados, uns seis engradados de cerveja, três de guaraná, batidinhas e uns vinhos portugueses pra rebater. Coisa simples, mas sincera. A sobriedade do bolo diz tudo: um violão confeitado, tamanho natural, cheio de lampadazinhas coloridas, com um toca-discos embutido fazendo ouvir "Feitio de Oração". Idealizado por minha tia Cicinha, grande pianista, o bolo fora construído, digamos assim, por meu primo Ruço, homem com umas onze profissões, na ativa em todas. O singelo quitute chamava-se: "Noel, o Menestrel da Vila".

Juracy tava justamente apreciando o bolinho, quando levou violenta pisada do Esmeraldo, o "Simpatia-é-Quase-Amor", que tentava pescar um bolinho de bacalhau.

– Ôôôô, cavalo! Não enxerga, não?
– Fiquei cego pela tua formosura, pedaço de mau caminho.
– Em todo caso, é melhor tirar esses óculos escuros que já passa das seis, seu suburbano.
– Mas eu continuo diante do sol!
– Por quê? Bebeu demais?
– Tua presença me embriaga.
– Tá me chamando de cachaça barata?
– Não. Tô insinuando que tu é uma flor e eu sou teu colibri.
– Cruz Credo! Colibri de bigode?
– Quando eu te espetar o bico, tu vai adorar. O bigode não atrapalha nadinha.

Juracy, sempre tão cordata, deu uma bofetada ida-e-volta, chulap-chulap, nas fuças do Esmeraldo, que não perdeu o rebolado. Com notável presença de espírito, lembrou-se de uma cena semelhante do Clarke Gable (?) e manteve impecavelmente seu sorriso modelo "Sofres porque queres" (título, também, de um imortal choro da dupla Pixinguinha-Benedito Lacerda).

Minha madrinha, ponderada como sempre, chupou um tiquinho de espuma de cerveja do lábio superior e fez um comentário digno do Luís Mendes:

– A menina coloca bem os golpes, mas não tem *punch*.

Os homens levaram Esmeraldo lá pra calçada.

– Grande, companheiro. Deste o desprezo.
– Que lição, Simpatia. Aí, trouxe o teu copo.

Mas o Esmeraldo, apesar das congratulações, parecia meio cabisbundo e meditabaixo. Só falou uma vez:

– Que mulher! Aquilo é uma Joana D'Arc!

Na varandinha que dava pro quintal, o mulherio consolava Juracy:

– Ele sempre foi um cafajeste!
– Não chora, querida! Aquela zebra não merece as tuas lágrimas.
– Uma cavalgadura! Uma autêntica cavalgadura!

Estimulada por tantos comentários simpáticos, Juracy teve momentâneo – e natural – delírio:

– Matei em defesa da minha honra!

E quando soube que o vilão tava passando bem e tomando cervejinha na calçada, disse palavras desconexas:

– Colibri... Biquinho-de-lacre... Pintudo.

Um grande trauma, sem a menor dúvida,

Durante o parabéns-pra-você, Esmeraldo aproveitando-se do escuro, surgiu na mococa bem atrás da Juracy e, com o bigode raspando na orelhinha dela, soprou a seguinte asneira:

– Que tal violar o cessar-fogo?

E não é que a Juracy topou?

Ficaram um tempão no quintal, meio ocultos pelas goiabeiras generosas. Assim que o Ambrósio terminou de cantar "O ébrio", Juracy voltou para sala. Tava meio amarrotada, com o permanente algo avacalhado, mas o rostinho brilhava de excitação e medo:

– Que foi, menina? Viu algum fantasma?

Penteado, mais vivido e tremendo gozador, não perdeu a chance:

– Seja o que for que ela tenha visto, era um bocado grande.

Logo, logo, noivaram. O pai da Juracy custou um pouco pra aceitar a ideia:

– Ele é um imbecil de galochas! Mas, se você quer, paciência. Fica a seu talante.

A Jura, atribulada com sonhos e preparativos, respondia, meio aérea:

– Ora, papai! O talante dele é secundário. O que importa é o caráter.

Na noite de noivado, a Rua dos Artistas inteirinha presente, fez-se o grande silêncio da Hora do Pedido.

Esmeraldo, soberbo num terno de linho S-120, novo em folha, e de óculos escuros (a pedido da própria noiva), tomou uma talagada pra limpar o pigarro e sapecou, com um majestoso embrulho nas mãos:

– Senhoras e Senhores! Meu futuro sogro! Não sou poeta, não sei fazer discurso nem dizer coisas bonitas. Meu negócio é ação e garanto que a Juracy vai gostar. Aliás, já gosta, né, minha flor? Considere-se pedida em casamento.

E brandindo o presente, teve inolvidável arrebatamento de paixão e mesóclises:

– Na falta de palavras que explicar-te-iam o que vai em meu peito, passar-te-ei esse estojo de espelho, pente e escova para penteadeira. Um dia, quando eu já tiver partido, lembrar-me-ás com ternura. Então, pegarás a escova que hoje te oferto, leva-la-ás aos cabelos que tanto venero e, em nome de nosso amor, pente-lho-ás. A todos, o meu cordial boa-noite.

PASQUIM Nº 357

ATROPELARAM O BENEVIDES!

O BENEVIDES USAVA SEMPRE UM CHAPÉU PRETO e o mesmo terno, também preto, sobre a camisa branca abotoada no colarinho.

Mudou-se invisivelmente pra uma velha casa da Rua dos Artistas, pegada à de Madame Zenaide. Um dia, quando a rua acordou, viu que a casa tinha um novo morador. Novo é maneira de dizer, porque o Benevides era um sujeito completamente apagado. Não cumprimentava ninguém, não dava uma paradinha no buteco da esquina, nem ao menos arriscava uma conferida na traseira da irresistível Isolda.

– Parece que é viúvo!

As mulheres lá de casa diziam isso de um jeito que, naquela época, eu desconfiava seriamente que viúvo fosse sinônimo de assassino.

Quando o Benevides voltava do trabalho, a garotada já estava estrategicamente distribuída pra recepção. Vozes em falsete, vaias e até uma ou outra pedra no coitado que nunca reclamava. Era um prato feito pra todo tipo de sacanagem: solitário, com um jeitão derrotado e, pra completar, nunca se separava do guarda-chuva e das galochas.

Sim, amigo leitor: galochas!

O Penteado, tremendo gozador, costumava dizer:

– Tem certos sujeitos que já nascem de galocha!

E a grande prova de sua teoria era o Benevides.

Me lembro que meu avô Aguiar, um coração do tamanho da Quinta da Boa Vista, fez um convite ao Benevides: que comparecesse a uma feijoadinha no domingo-que-vem, coisa simples. Pois, no dia, o sacrílego não compareceu, e ainda mandou um bilhete dizendo que estava meio afônico.

Houve começo de pânico:

– O cara tá morrendo!

– Afônico?! Meu Deus!

– É a Espanhola! Meu tio teve. É a Espanhola!

Felizmente, minha vó Noemia apareceu com umas linguicinhas e a moçada se tranquilizou um pouco.

Aproveitei a calma pra perguntar pro meu avô o que fazia uma pessoa ficar afônica:

– Uma ditadura, por exemplo.

– Ahn!

Foi um ahn meio sem convicção, mas hoje eu compreendo melhor.

Quem disse uma frase definitiva sobre o problema foi o Lindauro que todo mundo achava boçal e, no entanto:

– É a mesma coisa que rouco? Perder uma feijoada da Dona Noemia por... Mas o que que tem o cu a ver com as calças?

Realmente, meus prezados, bela pergunta.

A gente não sabia que o Benevides era apenas triste e tímido. Quem contou isso foi um primo dele que veio "tomar providências" na casa. O Galocha tinha sido atropelado por um lotação na Presidente Vargas e tava entre a vida e a morte. Imediatamente, a Rua dos Artistas se solidarizou com o parente do infeliz, que chegou a se assustar de ver como o Benevides era querido, Muitas mulheres choravam na calçada e nas janelas, lamentando a falseta do destino "com um homem tão bom!".

Os homens fizeram uma assembleia de emergência no buteco da esquina pra torcer pela vida do generoso amigo.

– Um pração! Vasco até o fim!

– Logo com o Benevides. Um mão-aberta...
– A vida é uma porcaria mesmo. Tamos aqui de passagem.
– Ô Portuga! Traz umas ampolas casco-escuro sob o meu patrocínio. É pelo Benevides. Ele sabia apreciar uma cervejota, hê, hê...

O primo do acidentado associou-se à vigília. Contou que antigamente, Benevides era um homem muito alegre. Animava as festas de família em Madureira, equilibrava como ninguém cabo de vassoura na ponta do queixo, tocava um trecho de "La cumparsita" no serrote e era um grande copo, já tendo sido campeão de vira-vira no velho bairro.

– Depois que a mulher dele morreu – que Deus a tenha! – nunca mais foi o mesmo.

O pessoal se emocionava:

– Bonito isso! Fiel à memória da falecida.
– Troço poético pra caralho!
– Garçom, traz mais milho aqui pros pinto. Gelado!

Vovó fez uma bacalhoada às pressas e foi todo mundo comer lá. Por volta das dez horas da noite, o primo do Benevides ligou pro hospital. Um silêncio mais pesado que o da chamada oposição. De repente:

– Alvíssaras! Tá fora de perigo!

Foi um carnaval. Teve brinde, foguete, soco na parede, todo mundo se abraçando. Isolda recebeu o Pena Branca. Ambrósio vomitou no tapete. Lindauro, com uma tigela de Ferreirinha na mão, berrava:

– Chama essa tal de Alvíssaras pra molhar o bico.

Tão simples e tão complicada a solidariedade, né?

– Ô Aldir! Neris de tergiversar! Tu não é ministro, pô!

Falou, Lindauro.

Um mês depois, o Benevides voltou pra casa. Tudo como sempre. Não parou no buteco, não cumprimentou ninguém, não conferiu as mulhas. Levou uma vaia da garotada, uma pedra passou raspando no chapéu e o Eduardo gritou com voz-de-falsete:

– Fala, ô Galocha!

Aí, o Benevides entrou em casa, pendurou o chapéu e foi colocar o guarda-chuva na banheira, retrato fiel da sua vida.

É como dizia um poeta lá da Vila, um que era meio maluco:

– A mocidade é em tequinicolor. Depois a gente vai vivendo em preto-e-branco mesmo.

É O TAL NEGOÇO!

BELIZÁRIO BEBIA PRA NÃO ESQUECER.

Principalmente na tarde de quinta-feira. A patroa sempre ia à aula de culinária da famosa Madame Freitas, ali na Praça Saens Peña e só voltava pela hora da Ave-Maria.

O 74 fazia meia-trava na esquina da Rua dos Artistas e o Belizário, velho amigo do motorneiro, gritava um "brigado!", e saltava direto pra dentro do buteco. O pessoal cumprimentava meio sem graça. Era por causa do jeito do Belizário beber: sem um riso, sem uma palavra, toda hora passando o lenço amarfanhado na cara, como se apagasse um quadro-negro.

Era difícil compreender tamanho desinteresse por um bate-papo. Afinal, aquele era um buteco de primeira categoria: batidinhas da casa, cerveja sempre superlampoticamente gelada, tira-gostos pra homem nenhum botar defeito e, o que é mais importante, o maior time de conversadores do mundo: o Lindauro e sua paixão por futebol, Waldyr Iapetec e seu fabuloso repertório de piadas, Ceceu Rico e as histórias das noites do Estácio, Esmeraldo e suas conquistas amorosas na Penha, Ambrósio Gogó-de-Ouro, o Benedito Lacerda – ô flauta imortal! – e, pra quebrar a gabiroba, o Penteado, tremendo gozador.

Poxa, Belizário, que que tu queria mais?

Queria o que todos nós, quando enchemos um pouco a moringa, chamamos de "lar".

Porque o dito cujo do Belizário tava a própria casa da mãe Joana.

Sua patroa não lhe dava sossego. Marcava homem a homem e com uma disposição de fazer inveja ao Tomires, beque da época, que costumava acertar na medalhinha de São Jorge pra cima.

– Olha cumé que fica a casa cinco minutos depois que você chega. Espia bem. Jornal espalhado por todo canto, cinza desse mata-rato fedorento no chão e aposto que o sapato tá por aí, um pé não-sei-onde e outro no diabo-que-o-carregue, cheirando a chulé. Ô vida desgraçada, meu Deus!

– Peraí, Leopolda. Afinal...

É o tal negoço: ninguém pode chamar uma pessoa de Leopolda, ainda que seja o nome dela, sem parecer deboche:

– Sonso! Vai brincar com a cara da tua velha!

– Mas, nega...

– Nega é ela! Tua mãe é que é nega. Do morro. Aquele cabelo ruim não engana ninguém. Palhaço!

E logo vinha um bibelô, uma jarra, um bagulho qualquer em cima do Belizário.

– Tu quer acabar comigo, cão. Tô te manjando. Mas, presta atenção: eu ainda faço xixi no teu caixão.

Belizário não respondia. Que diabo, os outros casais também brigam, Lindauro tirou melado do nariz da Deysinha, a Dilma sempre de olhos no chão, não tinha arrebentado uma garrafa na boca do Fragoso? Rodolfo dava de rijo na Isolda, mas depois tinha bilhete, perdão, sei lá... Não era aquele ódio, sem uma folguinha. Que foi que eu fiz, meu Deus? Será que... não é possível... só se naquele aniversário... mas eu não saí de perto dela a não ser pra ir no banheiro e... ah, que se dane!

O coitado perdia-se em explicações confusas que terminavam sempre em que-se-dane.

Então, apegava-se ao que tinha de mais concreto: seu passado com Leopolda, e bebia pra não esquecer. Não esquecer como se conheceram, na Quinta da Boa Vista, Leopolda sorridente e corada após o jogo de peteca.

Não esquecer o retrato tirado no lambe-lambe. Não esquecer o primeiro cinema. Bela Lugosi virando morcego, e a mãozinha dela agarrada na dele, que bancava o valente, mas estava prestes a se borrar de medo. Não esquecer a noite em que se declarou, o sereno baixando, Vila Isabel todinha perfumada de jasmim, o rádio de um chato na Hora do Brasil, ela, nervosa, não conseguia desgrudar uma bala puxa-puxa do céu da boca, e ele, preocupadíssimo com o hálito, se declarando, luar da minha vida escura, nem sei por que estou te dizendo tudo isso. E, sobretudo, não esquecer os primeiros sarros, péra um pouquinho, fica mais assim, sobe nesse degrauzinho, e ela disfarçando: quanta estrela! Depois, ia embora, pelas ruas da Vila, e o coração era um sabiá de contente, parecia que tinha um riso na cara da lua cheia, o assovio desafinado, era parte do inesquecível regional da Vila, com seus grilos, seus bondes, suas goiabeiras, suas janelas sonoras – um bairro inteiro em cadência de choro.

Na tarde de quinta-feira, quando a mulher não tava em casa, Belizário ia pro quintal e ficava lembrando tudo isso. Às vezes, no auge do porre, achava que podia parar o tempo naquelas lembranças, mas logo o apito da fábrica-de-tecidos, igualzinho no samba, feria seus ouvidos e a vida corria, maluca, maluca, pra frente, feito um filme passado muito rápido.

O único prazer (se é que se pode usar essa palavra) da vida do Belizário era torcer pelo América. Ia ao jogo com o Lindauro, que não perdia partida nenhuma, e chegando perto do estádio começava a cantarolar baixinho:

"... a torcida americana é toda assim, a começar por mim..."

Emocionava-se quando os diabos entravam em campo. Mal o alto-falante acabava de anunciar o time, levantava-se com uma velha flâmula na mão e gritava:

– AMÉ...

Era sempre AMÉ. Engasgava-se no meio e chorava. Aí, passava a flâmula na cara, que nem fazia com o lenço.

Teve um jogo América e Canto do Rio que choveu pra cachorro.

Diz a lenda que na torcida do América tinha dois sujeitos: o Belizário e o Trajano, que hoje é jornalista em São Paulo.

O Lindauro contou no buteco, que naquele outro jogo em que o falecido Almir quebrou a perna do Hélio, o Belizário voltou pra casa tão na pior, mas tão, que o popular Porquinho num guentou:

– Escuta aqui, Beliza: deixa aquela capivara pra lá! Dá no pé!

O Belizário piscou uma porção de vezes e carimbou essa:

– Tá maluco, rapaz? Eu tenho horror de mudança!

TATINHA DA TATINHA

SEMPRE QUE TATINHA APARECIA NA ESQUINA da Rua dos Artistas, de mãos dadas com os pais, soava o sinal de alerta:

– Lá vem ela!

Minha vó Noemia dava, imediatamente, início à "Operação Salve o que der pé".

– Guarda a sopeira no bufê. Rápido, Helena! Cicinha, some com essa jarra. Tira as chaves da cristaleira! Prende o Tupi na despensa, senão ela assassina o coitado. Esconder bibelôs! Que que falta?... Hiii, meu Deus, a estátua do Getúlio! Corre lá, Tuninho.

Aí, a campainha tocava.

Enquanto a Maria Luísa ia abrir, minha vó envolvia todos nós com um olhar cheio de coragem e ordenava:

– Preparar contra a abordagem!

Tatinha surgia na porta, com um ramalhete de margaridas na mão, vestido rosa, uma fita bem larga da mesma cor nos cachinhos louros, meias três quartos brancas e sapatos de verniz. Uma graça. Sorria, meio dentucinha, um nadinha vesga, fazia uma pequena mesura, entregava as flores pra minha vó e dizia:

– Boa tarde a todos.

– Que amor!

– Mas já está uma moça!

– Quando é que você vai parar de crescer?

Enquanto eram disparadas essas amabilidades, Tatinha olhava sorrateiramente em volta: os móveis completamente nus, hermeticamente fechados, as chaves desaparecidas e um membro da família em cada ponto estratégico. Nos olhos azuis da peste tava escrito:
– Tarde demais...

Então começávamos a segunda parte da operação. Visando proteger móveis, vidraças, quem sabe o próprio lustre, meu avô Aguiar convidava o pai da fera pra uma sueca na mesa do quintal.
– Lá é mais fresco. As crianças ficam mais à vontade. Mas tira esse paletó, seu! Noêmia, traz aquela especial.

Tatinha, soltando gritos de fazer inveja a um apache, galopava em direção ao balanço. Depois, apedrejava as goiabeiras, sapateava sobre a roupa-branca no quaradouro, investia de velocípede contra o murinho da varanda, isolava a bola, destruía a atiradeira, quebrava soldadinhos, rasgava pipas, depredava o galinheiro...

A mãe dela ria amarelo, balbuciando uma ou outra desculpa:
– Tá impossível... Tão trelosa... A senhora sabe, essa idade...

Minha vó, ainda que rubra de indignação, era gentil:
– Sinal que tem saúde.

O momento culminante era quando Tatinha, depois de me acertar vários bicos na canela, abria uma boca do tamanho de um bonde, e, soluçando de cortar o coração, representava o último ato:
– Foi o Aldir! Ele falou indecência pra mim, Tatinha da Tatinha!

Ah, mentirosa, filha da mãe! Eu fugia dela o tempo todo, porque sabia que a bomba acabava estourando na minha mão. Ela é que fica me perseguindo com as tais indecências.
– Cegonha não existe. O negoço é o seguinte...

Explicava tudinho, tintim por tintim e, no final, ainda acrescentava:
– Vamos brincar de médico?

Era o meu fim. Porque, topando ou não, dava sempre o mesmo rebuceteio.
– Buááá! Foi o Aldir! Falou indecência. Tatinha da Tatinha!

Eu levava uma bronca daquelas, ela ia embora com a cara mais sonsa desse mundo e os pais da bandida ainda me olhavam como se eu fosse o último dos tarados.

Um dia, minha vó, falando no telefone, deu um grito de "Graças a Deus!" tão alto, que saiu todo mundo correndo pra saber o que foi que houve.

– O pai da Tatinha foi transferido pra São Paulo!

Nunca mais vi a Tatinha.

Dia desses, eu estava com o capitão Ahab no convés do Pequod, em busca do terrível cachalote, quando tocou a campainha.

Era um mulheraço, acompanhada por um chato com cara de noivo. Eu já estava explicando que o meu apartamento é o 804, que isso sempre acontece porque o corredor é meio escuro, e tal-e-coisa, quando uma voz quentíssima soprou:

– Não lembra de mim?

Eu mergulhei de roupa e tudo no mar daqueles olhos azuis e, quando voltei à tona, respirei seu nome:

– Tatinha!

Veio trazer o convite de casamento. Comportadíssima, falou de música, cinema, teatro, livros...

Que cultura! E que par de coxas!

Apresentei minha mulher, ofereci umas caipirinhas (eu precisava me acalmar), e o noivo dela recusou:

– Obrigado. Eu não bebo.

Tatinha, saiba que eu desaprovo essa união!

Fui levá-los no elevador, e pude ter uma visão melhor da Tatinha a sota-vento.

– Tchau!

– Tchau! Aparece. Já sabe o caminho, hê, hê... (Diz uma indecência, diz, me dá um chute na canela, unzinho só, vâmo brincar de médico, Tatinha...).

Quando fechei a porta, a Ana olhou bem pra minha cara e comentou, com aquele tom absolutamente casual que as mulheres usam de maneira absolutamente proposital:

– Bonita ela, né?

– Assim-assim. Peguei essa menina no colo. Bom, tomar um banhinho rápido.

Mentira, pura mentira. Ai, Tatinha da Tatinha...

PASQUIM Nº 362

REVOLTA NA VILA

AQUELE OITI CRESCEU JUNTO COMIGO. Enchi, muitas vezes, meu pequeno regador verde na bica do jardim pra dar de beber ao meu amigo. Fiz, é verdade, um ou outro xixizinho nele. Mas tudo na maior camaradagem. Sempre repartiu comigo a terra que o alimentava, pra que eu enchesse o balde e as forminhas de praia nas tardes em que batia a saudade da ilha de Paquetá. Nunca me deu esporro nos momentos que gravei meu nome, a canivete, em sua pele. Sabíamos que era uma coisa dolorosa e difícil de explicar, mas, quase sempre, são assim as grandes amizades. Salvou muitos gols dos inimigos nos jogos-contra, trave heroica. Jamais enredou em seus ramos honestos a linha da minha pipa. Nunca mais vou esquecer sua alegria no supercampeonato de 58, Vasco doente, balançava os galhos com a conquista do título, e eu repetia, todo emocionado:

– Casaca, oiti. Mais uma estrela na nossa bandeira.

Tinha o dia em que as árvores da Rua dos Artistas cortavam seus cabelos verdes. Vinham os cadetes da L.U. e deixavam as calçadas cobertas de galhos, que nem ficava, assim de cabelo, o chão da barbearia do Seu Teófilo. Meu amigo oiti usava um corte parecido com o meu, "Príncipe Danilo", e eu mandava selo, carimbo, estampilha nele. Coração que não cabia no tronco, se preocupava muito com os ninhos que sustentava e, nos dias de vento, eu ficava tranquilizando da janela:

– Calma que tá tudo bem.

Esse negoço de elogiar muito um amigo costuma acontecer quando o cara empacota e é sempre a maior xaropada. Meus prezados leitores vão me desculpar, mas é que no caso do oiti não foi morte natural. Ele foi assassinado covardemente por uma imobiliária sem escrúpulos, sem mãe, em nome do pogresso. Pogresso é que nem, nos apartamentos que eles mesmos constroem, o que acontece nos tais respiradouros do banheiro: Você ouve o barulho, mas não sente o cheiro. Fica aí a sugestão para slogan do Sérgio Dourado.

Pois é, meu amigo dançou. Mas vai ter forra. Em cada morador da Vila cresce, prodigiosa, a revolta. Protestaremos sempre contra mais esse crime, nós, os sanhaços, os bem-te-vis, os coleiros, as tímidas juritis a quem ele abrigou; nós, os vira-latas, que urinamos em seu tronco amistoso; nós, os bêbados, que vomitamos amparados em seu ombro compreensivo; nós, os varredores das ruas, que limpamos a testa à sua sombra; nós, as crianças que nos escondemos atrás de seu corpo, trinta e um de janeiro, lá vou eu; nós, goiabeiras, avencas, samambaias, pequenas ervas sem nome, protestaremos contra essa covardia, irmãozinho.

E traremos, aliadas, as cigarras, com seu otimismo, e elas convidarão os decididos grilos de Vila Isabel, os mais boêmios da cidade.

Virão sabiás e pintassilgos, cágados e cabritos, gatos vadios e papagaios que falam palavrão. A denúncia desse crime estará nas pipas pastorinhas dos carneiros do céu; estará nos balões – do mais humilde balão japonês passando pelos grandes balões-tangerina cheios de lanterninhas até o balão visto pelo Zeca em Cachambi retratando, com cento e trinta e um figurantes, a Queda da Bastilha. A denúncia desse crime estará nas estrelas e na lua – na lua, que vezes incontáveis mascarou-se, linda, com teus galhos. Criaremos códigos e senhas. O apito do guarda-noturno contará que te mataram. Contará que te mataram o assovio das facas do amolador. O grito do garrafeiro falará dessa covardia, assim como os livros de histórias, os gibis e as figurinhas. Leremos mensagens no desenho das nuvens, conspiraremos com os botões e as pétalas da primavera, ouviremos os conselhos das sábias folhas de outono. Seguirão notícias em gaivotas nas salas de aula e em barcos de jornal nas enchentes provocadas pelas chuvas de verão. O Penteado, tremendo gozador, inventará lorotas sobre o passado dos donos de imobiliárias atrás da bananeira. E o Esmeraldo passará, uma por uma, as mulheres deles na cara.

Porque sabemos que deve haver um pedaço teu, meu amigo, vivo. Embaixo da terra, em algum lugar, há um pedaço teu. E vivo.

E nós, que com nossos olhos secos e amargurados, com nossos galhos cobertos de fuligem, com nossas plumagens descoloridas, nós que, testemunhando mais esse crime, não deixamos que morresses de todo, nós vamo partir pra briga.

Volta logo. Combateremos à tua sombra, e que não falte cachaça e cervejinha pros nossos rapazes.

Volta logo, que nós vamos botar de novo as cadeiras na calçada e distribuir maços de Lincoln e chupar rebuçado e vestir pijamas de listras e usar chapéu panamá.

E cada vez que ouvirmos burrices do tipo "é preciso assumir" ou "o bom senso deve prevalecer", responderemos, orgulhosos do que somos: dá o pé, louro! E mais: uma aqui pro nossa-amizade!

E, como golpe de misericórdia, a terrível sentença: conheceu, papudo?

Volta logo, e traz com você muitos bondes, bondes cheios de passarinhos e cachorros, mariolas, petecas e sonhadores. Faremos subir novas pipas com a forma dos nossos sonhos, novos balões que derramam lágrimas de ouro barato, e depois virá a lua, e desfilarão os ranchos e seremos todos palhaços, índios, piratas, e todos usaremos sutiã de casquinha de sorvete e nos apaixonaremos pela mesma deslumbrante odalisca, arrumadeira do 257.

As crianças baterão nos postes, como nas antigas noites de Ano-Novo. Acenderemos fogueiras e brincaremos de roda, nós, pássaros, nós, árvores, nós, homens, ao som da flauta inesquecível do Benedito Lacerda, do violão de Noel.

Vovó Noemia fará uma feijoada, coisa simples, e convidaremos Cosme e Damião pra ouvir as piadas do Waldyr Iapetec, a Maria da

Ave pra ajudar minha vó, Papai Noel pra levar um esporro e parar de ficar feito prostituta em porta de loja; convidaremos o coelho da Páscoa (ô cara chato!), o santo casamenteiro pra tomar umas batidas feitas pelo Lindauro, o Pena Branca, todos os avôs do mundo, que é tão difícil a alegria sem avô, o lago da Quinta da Boa Vista, os brinquedos do Parque Shangai, os personagens do presépio, o time supercampeão do glorioso Vasco da Gama, os ciganos do carro-preto, o Armindo, que também foi assassinado, a turma toda, até o Ceceu Rico, que não gosta de festa. Que participem da nossa conjura abilolada, da nossa inconfidência delirante.

Pode ser que os sicários do verde, os carrascos da esperança, os verdugos da alegria – em nome do pogresso – tentem nos dispersar a cacetada, e imponham o toque de silêncio a nossas flautas e violões e declarem estado de sítio nos fios, telhados e copas verdes onde zoneiam nossos passarinhos.

Será inútil, imobiliárias sem escrúpulos, sem mãe: a Vila avisa que resistirá até o último pardal, até o último oiti, até o último sonhador embriagado.

PASQUIM Nº 365

BOM HUMOR TAVA ALI

FELÍCIO ERA DESSES CARAS QUE JÁ ACORDAM ASSOBIANDO. Lavava a cura no tanque, só de calça de pijama, enquanto o Sultão se enroscava nas pernas dele. Catava as pulgas do totó e estalava as bandidas na unha com a maior satisfação. Depois, invariavelmente, ia fazer festinha no papagaio:

– Dá o pé, louro. Cadê a maravilha do papai?

E respirava, embevecido, o cheiro de café que vinha da cozinha.

Mesmo nos dias mais cinzentos, mais tristes, mais sem cor, Felício encontrava semelhanças com um outro dia, hiii, faz muitos anos, minha vó fez um papo de anjo que eu nunca mais esqueci...

Fumava feito uma chaminé, uns quatro maços, e cada tragada tinha seu sabor, trazia uma lembrança, aquele angu em Irajá, e a Nair, coxa tão moreninha, cigarrinho bom esse, o Fla x Flu domingo vai ser de morte...

Sacaram? O tempo, meus camaradinhas, sendo vivido, revivido, antecipado, e vamos nós, clareia, escurece, clareia, escurece. Feito andar no bicho-da-seda, cês lembram?

Uma vez, só pra encher o saco, Dona Otília, chata como ela só, disse pro Felício:

– Cigarro dá câncer!

Felício, que não era de deixar cair a peteca, fez uma cara de quem recebeu o prêmio da loteria e sentenciou:

– É o que eu digo sempre: o sujeito que tem um bom câncer não tem motivo pra ser neurótico.

Sei que parece incrível, mas o simples fato de tirar uma melequinha era transformado pelo Felício num espetáculo contagiante de luxúria e prazer. Rodava que rodava a pequena pelota entre o fura-bolo e o mata-piolho, o rosto parecendo o céu onde seus olhos se perdiam, cheios das pipas do devaneio.

– Boniiito! Já ganhou.

Vai gozar a tua velha, Felício.

Como eu ia dizendo, era um cara capaz de transformar o mais humilde, o mais banal dos traques num acontecimento inolvidável:

– Huuumm... que alívio! É fantástico... o show da vida...

Lembra o estilo de Cid Moreira, né?

Ia me esquecendo do lance do enterro.

O Esmeraldo recebeu um recado na repartição, que fosse imediatamente pro São João Batista, não-sei-quem tinha morrido. Esmeraldo ficou feito doido:

– Quem? Quem morreu?

E o Agenor, pra variar, de má vontade:

– Sei lá. O telefone tava péssimo. Não dava pra ouvir direito. Mas o recado taí. É pra seguir já-já pro São João Batista.

– Mas foi parente? Amigo?

– Deixa de besteira, Esmeraldo. Lá você vê. Dá no mesmo, não dá?

Esmeraldo não guentou mais e, mandando o Agenor pras cinco letras que fedem, desceu, pegou o táxi e mandou zunir pro cemitério. Assim que saltou, viu o Felício na porta, numa roda grande, contando piada.

Correu pra ele, sôfrego. O Felício, que não sabia que ele não sabia, agradeceu, com um sorriso encantador:

– Brigado, Esmeraldo. Foi a vontade de Deus. Descansou. Conheces aquela do boi que ficou preso no arame farpado?

Esmeraldo ficou zonzo:

– Mas quem descansou, pomba?

E o Felício:

— Minha patroa, ué.
— Mas ontem eu falei com ela. Não tinha nada.
— Isso foi ontem, nego. Hoje cedo, a vaca foi pro brejo. Aliás, falando em vaca, conheces aquela do boi que ficou preso no arame farpado?

Bom humor tava ali. Passou mal uma tarde de domingo, no buteco da esquina da Rua dos Artistas, pouco antes da moçada sair pro Maracanã... Ainda tentou brincar, mas não tava dando pé. Foi carregado pra casa e alguém chamou o Dr. Waladão. Apalpa daqui, aperta de lá, e o diagnóstico caiu de maduro, que nem obturação do INPS.

— É fígado. Tem que fazer dieta e parar de beber.

Pô, o Felício era um monstro à mesa. Comia e bebia de tudo e quando terminava quase ficava triste. Quase.

— E vai ter que reduzir o fumo.

Hem? Como disse? **Reduzir o fumo?**

— E não pode ter contrariedades.

Foi a salvação. O Felício passou a beber e fumar mais do que nunca, e quando alguém tocava no assunto saía-se com essa:

— Por favor, meu caro. Eu não posso ter contrariedades.

Remédio, não tomava nunca. E ainda explicava:

— Não posso. Sofro do fígado.

E soltava sua gargalhada esfuziante.

Sujeito bem-humorado daqueles, não podia acabar de outra maneira: atirou-se de cabeça da ponte de São Cristóvão.

Dobrado dentro da carteira, foi encontrado um bilhete:

> *Dessa altura mesmo tá bom. Esses incompetentes não vão fazer a Rio-Niterói tão cedo.*
>
> FELÍCIO

O MAIOR PAPO DO MUNDO

TEM UNS CARAS QUE MAL BOTAM O FOCINHO NA PORTA DO BAR, o ambiente muda da água pra cerveja. Parece que o birinaite desce melhor, que o tira-gosto fica mais apetitoso, que tem mais luz no recinto. Ou menos.

Enquanto a figura se aproxima da mesa, alguém dá uma cotovelada discreta no amigo ao lado e avisa:

– Te prepara que vem aí o maior papo que eu conheço.

E tem início o pagode:

– Ô Paulinho, uma cadeira aqui pro nossa-amizade e mais homeopatia pra moçada... Mas cumé qui é? Quanto tempo, sô! Conta aí pra nós!

O impressionante é que o cara não conta. O maior papo do mundo não conta nada! Sorri com a maior modéstia, faz um gesto maroto e, depois do primeiro gole, murmura:

– Vai-se rodando.

A moçada delira:

– Grande! Continuas o mesmo, hê, hê...

– Esse cara é de morte!

E o grande papo na dele, mais mudo que a chamada oposição.

Lembrem-se disso, prezados leitores: o grande papo não fala, mas, em compensação, é o maior ouvinte do mundo.

Sintam o exemplo do Lindolfo, um dos sujeitos mais respeitados no buteco da esquina da Rua dos Artistas. Atendia numa das mesas do fundo. Eu disse atendia porque todos os moradores da rua recorriam ao Lindolfo quando surgia algum problema considerado aparentemente insolúvel.

Uma vez, Ambrósio Gogó-de-Ouro entrou no buteco com cara de doido, puxou uma cadeira e soluçou:

– Yolanda não é mais a mesma.

O pessoal foi se afastando pra outras mesas, bom, jogar uma suequinha, deixa eu gozar o português pela vitória do mengo, telefonar pra outra... Houve até quem se desculpasse com a célebre "tirar um instantim a água do joelho"

Na mesa, ficaram apenas Ambrósio e o impassível Lindolfo,

Durante duas horas e meia, o Ambrósio falou: Foi de cortar o coração. Diversas vezes interrompeu seus queixumes e deitou a cabeça no mármore pra chorar.

Lindolfo intervinha, solene:

– Deixa disso, ô manteiga derretida.

Impossível conter a admiração:

– Grande conhecedor da alma humana!

Um outro, mais afoito, incentivou:

– Dá-lhe, Lindolfo!

Esmeraldo não gostou desse comportamento:

– Chiiiu! Não interrompe a concentração do Lindolfo, ô três-com-goma!

Houve um pequeno rebuliço e uma garrafa passou raspando pela orelha esquerda do Ambrósio, mas ele nem-te-ligo. Continuou falando e o Lindolfo, diga-se de passagem, era todo ouvidos:

– Foi num batizado. Eu tava numa roda de piada e escutei uma voz de mulher, atrás de mim, dizendo: esse aí... Pô, tu sabe, Lindolfo, que mulher quando começa a chamar o marido de "esse aí" é fogo. Inda mais a Yolanda que, pra tu ter uma ideia, toda a vez que acendia a luz quando eu já tava deitado, dizia: fecha os olhinhos que a mamãe vai acender a luz. Tá entendendo? Dessa merda de batizado em diante, começou a inana: Quer ver um exemplo? O café. Em todos esses anos de casado, eu nunca tomei café requentado. Nunca. Era um orgulho que eu tinha. Pois acabou a sopa. Tô na base do requentado vai fazer um mês. Minha roupa... bom, minha roupa cê tá vendo. Eu peço: coça minhas costas. Ela finge que não ouve. Semana passada no cinema, filme com o Clark Gable, toda vez que ele aparecia, ela suspirava tão alto que, lá pelas tantas, eu perdi a cabeça e gritei em pleno Tijuquinha: Que qui é? Tá coçano? Acendeu a luz, foi uma confusão danada. Depois dessa, ela foi embora pra casa da mãe dela. Por favor, Lindolfo. Me ajuda a desembaraçar esse rolo.

O maior papo do mundo tomou um gole de Alfavacas ao Luar, olhou firme nos olhos do Ambrósio e sentenciou:

– É, rapaz... Tua vida tá uma bosta que faz gosto.

O diagnóstico, se é que podemos chamar assim, teve êxito fulminante:

– Essa foi de mestre!

– Que cabeça! É um gênio!

O próprio Ambrósio, na última lona, teve que reconhecer:

– Matou a charada,

Aquele cara, aquele meio afoito, gritou de novo:

– Dá-lhe, Lindolfo!

Outra pancadaria rápida, umas cabeças quebradas, nada sério.

Ambrósio, virando um cálice de "Apita na Curva" atrás do outro, resmungava:

– Cumé que eu não notei antes? O amor já tinha dado o fora e eu crente, crente... Cumé que pode?

Um poeta lá da Rua dos Artistas, um que era meio maluco, arriscou uma explicação:

– Balão depois que apaga, ainda leva tempo pra cair.

O Penteado, tremendo gozador, concordou com a cabeça, deu uma piscadela pro Lindolfo e completou a jogada:

– E como dizia o grande filósofo Von S. Rossaren, no prefácio da monumental obra das Larraqueta: "Asaftas arden und aspregas dóen".

PASQUIM Nº 383

O APELIDO

— FALA, Ô BEQUE CENTRAL DE SUBÚRBIO!

Não dava pra entender. A gente tinha acabado de mudar pra Rua dos Artistas não fazia nem uma semana e toda vez que aquele sujeito baixinho e careca passava pelo buteco da esquina, um gaiato qualquer disparava o apelido acima.

O baixinho ficava pra morrer: dava banana, distribuía aqui ós, qualificava desairosamente as genitoras da rapaziada e terminava mandando a rua inteira pras cinco letras que fedem.

O pessoal lá de casa ficava sem manjar chongas. Afinal, nunca existiu camarada nenhum menos parecido com um beque-central de subúrbio do que o baixinho. Mas ninguém duvidava que devia ser apelido do baralho: era obra do Penteado, tremendo gozador, cujo prestígio na rua equivalia ao do próprio Getúlio Vargas. Pô, o Penteado tinha uma reputação a zelar e não ia colocar de araque apelido de tal, com o perdão da palavra, envergadura.

Com o tempo, ficamos sabendo que o nome do baixinho era Pombo. Mário Henrique Pombo. Isso lá é nome de zagueiro? Reparem: Castilho, Píndaro e... Pombo. Tentemos a alternativa: Garcia, Tomires e... Mário Henrique. Não dá. Mário Henrique tá mais pra ministro, ou então pra um desses garotos que a mãe vive enchendo o saco, Mário Henrique, pra dentro, Mário Henrique, cuidado quando atravessar, Mário Henrique, tira a mão do pinto... De ministro até, sei lá, mata--mosquito, representante Avon, tudo certo, mas beque central, jamais.

O Mário Henrique em questão trabalhava no extinto IAPI e sempre começava suas frases com um categórico "nós, lá no IAPI...", como se fosse sócio do treco. Era casado com a Maria da Graça, já um pouquinho sem graça àquela altura do campeonato, porém Maria: excelente dona de casa, doceira de méritos indiscutíveis (ô quindins imortais!) e romântica como ela só, apesar de quase vinte anos de um casamento meio besta. Não que o Pombo fosse mau sujeito. Ele era simples e prático. Chegava do trabalho, ficava de camiseta-de-português, cuecas, meias brancas e sapatos-tanque pretos, lendo jornal. De vez em quando, interrompia a leitura e comentava satisfeito consigo mesmo:

– Sapatos fortes.

Maria da Graça era água de outro pote. Possuía um caderno de pensamentos, em cada página uma flor desenhada por ela mesma com lápis coloridos, emoldurando as bijuterias da Sloper de sua alma. Dá-lhe, Blanc! Letra pura.

O pensamento que iniciava o caderno era digno de um Khalil Gibran, de um Kalil M. Gebara, de um Kalil desses:

– Sê como as vaquinha no crespúsculo!

Hem? Hem? Gostaram? Eu não disse que era lindo? Não tenho a menor ideia do que a Maria da Graça quis dizer com essa meleca, mas, até hoje, a cada novo crepúsculo invade-me bovina sensação e chego mesmo a mugir secretamente.

Me lembro de uma tarde, primavera, cadeiras nos portões, Maria da Graça lia, placidamente, um romance. De repente, deixou escapar um "Oh!" embevecido e marcou em vermelho o trecho que tanto a impressionara. Não resisti e fui espiar por cima do ombro dela. No começo do capítulo LXXXI tava sublinhado: Alvorecia.

Vai ter sensibilidade assim na pqp!

Mas a existência não é meramente uma sucessão de crepúsculos e alvoreceres. Nos intervalos, Pombo e Maria da Graça botavam pra jambrar. Brigavam pra caralho – ela, esgrimindo de maneira soberba sua invejável retórica, ao passo que o Pombo, simples e prático, chutava-lhe as canelas com seus poderosos sapatos-tanque.

O motivo das brigas era o mais frequente de todos os motivos de brigas de casal desde que o mundo é mundo: a falta de motivo.

Pra falar a verdade, toda a Rua dos Artistas, quiçá toda Vila Isabel, era um pouco responsável pelos cacetes. O Pombo saltava do 74 na Pereira Nunes, passava pelo buteco e:

– Fala, ô beque central de subúrbio!

Pronto! Bananas, aqui ós, genitoras, palavrões e já entrava em casa de cabeça quente.

Meu avô Aguiar, um coração maior que a Quinta da Boa Vista, tentou esclarecer o enigma do apelido, tomando umas e outras com o Pombo. Quando o nosso pássaro já tava meio pinguço, meu avô sugeriu, na maciota:

– O senhor naturalmente aprecia um futebolzinho...

Pra quê! O Pombo se empombou:

– Meu caro, nós lá no IAPI, temos ódio de futebol, compreendeu? ÓDIO! E tem mais: beque central de subúrbio é a...

Minha vô Noemia espalmou:

– Olha o pastel quentinho!

Por entrâmpsias do destino, na tarde seguinte ficou tudo claro. Claro, é claro, pra nós, porque pro Pombo ficou ruço.

O pau comeu no pombal e o Pombo bicou a canela da Maria da Graça com toda força. A infeliz esposa, em silencioso pranto, fez a mala, meteu debaixo do braço seu caderno de pensamentos e, de saída, murmurou:

– Dessa vez, Pombo, é pra sempre.

Todo mundo ficou, na maior discrição, corujando pela veneziana. Maria da Graça partia, imponderável e digna como uma vaca ao crepúsculo.

Quando ela tava quase na esquina, o Pombo apareceu feito um louco na calçada. De camiseta, cuecas e meias brancas, ostentando seus sapatos-tanque pretos, com as mãos em concha e lágrimas nos olhos, pôs-se a gritar desvairadamente:

– Volta! Pelo amor de Deus, VOOOLTAAAAA!!!

Que nem beque central de subúrbio.

PASQUIM Nº 386

UM QUE ERA MEIO MALUCO

PARAFRASEANDO MIGUEL TORGA, toda síntese é leviana. Mesmo concordando com meu irmão lusitano, insisto em mostrar pros leitores do Pasca uma seleta, que organizei pessoalmente, de um vate vilaisabeliano que, vez por outra, aparece em meus escritos, identificado apenas como "um que era meio maluco". O pessoal da Rua dos Artistas se referia ao cara dessa maneira. Após incansáveis pesquisas, pude lançar novas e definitivas luzes sobre a vida desse artista: era Vasco, ou seja, totalmente maluco. O material poético que se segue, eu mesmo recolhi na sarjeta onde, pela última vez, tombou, vítima de mal galopante. Foi, em domingueira manhã paquetense, atropelado por uma charrete.

A finalidade da presente antologia é divulgar a obra de meu infeliz colega, deixando bem claro que sou um homem do meu tempo. A exemplo de editoras, gravadoras, arrecadadoras, eu também faturo em cima do alheio. A poesia é necessária!

POMBINHOS
Olha os vizinhos, pomba!
Tás afim?
Comigo ninguém fala assim!

Ou tu conversa feito gente
ou depois vais dar por falta
de um ou dois dente,
Pomba! Igualzinha a tua mãe.
Vê se te manca!
Afinal, temos dois anos de casado.
E fim de papo. Tamos conversado.
Eu gosto da Marlene e tu não gosta.
Agora, pomba,
arranca o facão das minhas costa.

SEGUNDA À ESQUERDA

Não, não se trata de grandeza
mas do precário equilíbrio
entre sofrer pelos outros
e rir de mim.
Pensando bem,
ninguém me perguntou nada.
Com Licença.

NOTURNA

O teu inhoque tava uma droga
Houve uma época que você não dava
folga:
largava,
tomava a ponta
e levava de barbada.
Hoje, tenho outra esperando grama.
Sem contar que sempre pinta uma de azar
ou logo três de fé pra acumulada.
Minha potranca,
essa é a última aposta,
por uma questão de amizade.
Você é muito falada
mas não obedeço ao jóquei na hora
da verdade.

DOIS PAPELÕES

Foi um papelão que tu fizeste
jogar de encontro à porta
meu copo "Lembrança de Cambuquira"
E quebrar meus discos da Angela Maria.
Eu gostava deles que nem gosto do Vasco.
Eram sagrados como nosso amor.
Senhor, eu sei que não mereces,
depois de tudo que sofreste,
Sabará na ponta-direita do teu templo,
mas é que essa mulher é o diabo.
Perdão. Foi apenas um exemplo.

PERMANÊNCIA

Singelo poema estruturado no Café e Bar Pescoço, enquanto Vilson lavava o chão, de parceria com o investigador Leocádio Xucro.

Eu permanecerei no solar
mesmo depois que os pássaros emigrarem.
que os ursos hibernarem...
– Urso? Em Vila Isabel?
Muda esse troço aí.
Bota assim: mesmo depois
que o Leleco baixar o cacete
no primeiro que se meter a besta.

DESPEDIDA

Reverência à vera
é a circense:
ambígua,
non-sense,
sincera.

INARREDÁVEL COMPROMISSO

QUANDO O CECEU RICO, QUE NÃO GOSTAVA DE FESTA, confessou, lá no buteco da Rua dos Artistas, estar perdidamente apaixonado pela loira Helena, foi um Deus-nos-acuda. A timidez do Ceceu era um negócio muito sério. E, pra complicar, o pai da jovem eleita era, nada mais, nada menos, que o meu avô Aguiar: um metro e oitenta e cinco de português de Póvoa do Varzim, metido num terno de linho 120, chapéu panamá, charuto tipo chaminé, e um relógio de bolso que devia pesar uns dois quilos, fora a corrente. Mas o velho tinha um ponto fraco: era doido por um pagode, birinaite e tira-gostos, essas coisas essenciais ao verdadeiro desenvolvimento do país.

Enquanto o Ceceu Rico abria o terceiro maço de Lincoln, a moçada queimava a mufa procurando uma solução pro drama.

– Matei a charada!

Era o Penteado, tremendo gozador, que, mesmo com a boca cheia de bolinho de bacalhau, passou a expor o plano de ação.

– Seguinte: o Ceceu não gosta de festa. Logo, a gente tem que dar um jeito dele arranjar consentimento pra namorar a Helena no meio da rua, que é onde ele se sente bem. E tem que ser sem precisar falar nada, por causa da timidez... e ainda deixar o velho Aguiar todo satisfeito.

A curriola estranhou:

– Peraí: ô Penteado! O Ceceu fica no meio da rua flanando, na maior cara de pau, nem cumprimenta a família da moça, se declara sem abrir a boca, e o Seu Aguiar, que é uma fera pra essas jogadas, ainda sai gostando?! Só chamando o Mandrake, pô!

Penteado nem-te-ligo:

– Que Mandrake, que nada! Vai ser uma barbada. A gente organiza a maior seresta de todos os tempos.

– Seresta???!!!

– Seresta, sim, ô quadrúpedes. O Benedito Lacerda faz a música. Já pensou? Depois, a gente fala com aquele poeta que é meio maluco pra transformar o que o Ceceu gostaria de falar na letra da música. Aí, arma-se um regional de arromba, faz-se uma vaca pros lubrificantes, e, pra arrematar, Ambrósio Gogó-de-Ouro canta em nome do Ceceu: Que qui tu acha, Ceceu?

O enamorado, com a eloquência habitual, sentenciou:

– É...

Meus prezados, foi inesquecível!

No sábado fatal, o buteco tava – pra usarmos uma expressão de samba-enredo – engalanado. Ambrósio solfejava e derrubava um cálice atrás do outro de uma caiana chamada "Dragão de Ogum". Benedito Lacerda afinava a flauta imortal. No pandeiro, Gilberto d'Ávila, com um óculos novo capaz de enxergar até aproximação de onda de frio.

De repente, o Lindauro gritou:

– Minha Nossa Senhora do Tropeção! Aquele cara no cavaquinho... é... é... é o Canhoto!

Em pessoa, meus camaradinhas, em pessoa.

A gente ainda nem tinha se recuperado do susto, quando parou um táxi, daqueles pretos, e saltaram, trazidos pelo Hermínio Bello, Pixinguinha e Jacob do Bandolim. Tinha nego tomando a benção a cachorro, tamanha era a emoção. O Ari, irmão do Sílvio Stradivarius, grande boêmio da rua Ambrosina, trouxe o Donga. Aí por volta das dez horas, chegaram Dino Sete Cordas, Benedito Cesar, Meira, Damasio...

Tudo em cima. Vergado pela responsabilidade, Ambrósio Gogó-de-Ouro gaguejou essas palavras impressionantes:

– Bo-bota o-outra. Du-dupla.

Em frente ao 257, músicos preparados, bicões atrás, Penteado explicou pro meu avô o motivo da seresta. O velho deu uma mordida no charuto que provocou, involuntariamente, um minuto de silêncio. Quando tudo parecia perdido, Jacob, de levinho, começou a chorar "Doce de coco". Vovô Aguiar se derreteu na hora e gritou pra minha vó:

– Noemia, traz aquela que me converteu ao catolicismo!

E o choro comendo.

Quase três horas da matina, Ambrósio anunciou, de Ceceu Rico para a formosa Helena, a valsa "Inarredável compromisso". Me lembro como se fosse hoje:

> Modesto e tímido que sou,
> necessitei valer-me deste artifício
> para declarar-te meu amor
> e meu desejo ardente
> de contrair inarredável compromisso.
> Oh, se falta-me cultura, loira criatura,
> tenho grande e dura a Espada de Eros
> para memoráveis liças amorosas
> e no clamor do orgasmo, em
> meio ao delirante espasmo
> ousarei pedir-te, louco e ilustre:
> sobe, coração, no lustre.
>
> Mas se, núbil pretendente,
> me fores negada, qual longínquo astro,
> dirigir-me-ei a teu papai,
> cruel como um padrasto,
> e, solenemente,
> com semblante austero e gesto varonil,
> mandá-lo-ei, subtil,
> pra puta que o pariu.

Um sucesso retumbante. Meu avô, comovido até os suspensórios, declarou:

– O rapaz provou que tem caráter!

Foi aí que Helena, enlevada e suspirosa, deu a entender que apreciaria muito cumprimentar o galã.

Não foi possível. O Ceceu Rico tava com o Lezinho, jogando sinuca no antigo Excelsior, a melhor canja do Estácio.

Helena ficou meio triste, mas compreendeu. Afinal, o Ceceu Rico não gostava de festa.

PASQUIM Nº 397
NÃO INTERROMPE, PÔ!

A RUA DOS ARTISTAS, COMO TODA RUA COM VERGONHA NA CARA, tinha um mudinho. Pra ser franco, surdo-mudo, baixote e com um rodamoinho no alto do coco que lembrava, de longe, um helicóptero. O Penteado, tremendo gozador, inventou uma brincadeira que deixava o Mudinho louco da vida. Era só o buteco da esquina ficar na maior animação, aquele papo da leiteria do Castilho, e o Café Filho sempre foi uma besta quadrada, esses lances, quando o Penteado, sem mais nem menos, virava pro Mudinho e torpedeava:

– Não interrompe, pô!

O porém, nossa-amizade, é que o apelido pegou. Todo mundo de copo na mão, um lero-lero de primeiríssima – no que o Mudinho pintava nem o garçom dava refresco:

– Tira um na pressão aqui pro Não-Interrompe!

E, diga-se de passagem, o Mudinho detestava espuma. Mas se segurava, respeitando a famosa tradição do bom cabrito.

Mudinho tinha duas paixões: Isolda, que morava quase em frente, amante do violento Rodolfo, e o Expresso da Vitória, conhecido pelos leigos como Vasco da Cama.

Isolda, mulher vivida, fingia nada notar, mas até que dava uma certa corda. Sempre que passava por ele, tinha um sorriso especial, um andar mais leve que mão de batedor de carteira e os olhos, meus confrades, os olhos permaneceriam indescritíveis se não tivessem sido definidos com brilhantismo por Waldyr Iapetec:

"olhos-de-bota-a-mesinha-de-cabeceira". Tempos sinceros aqueles. E já que estamos falando em sinceridade, índice IBV é, como diria o papagaio fanho, û fû dã firûa.

Num sábado inesquecível, o Expresso enfrentava o Bangu. Mudinho, angustiado, chegou cedo no buteco e começou a canear. O rádio do português tava ligado no jogo que, se não me falha a memória, era decisivo pro campeonato de 56. Assim que entrou, Mudinho acendeu um fósforo e mostrou a chama pro luso. Uma espécie de senha que significava: quero um quente. O portuga trouxe um cálice de bagaceira e, como se tratava de um jogo da Nau, tomou outro, que ninguém é de ferro,

Foi uma partida desgraçada, decidida pelo Vavá quase no último minuto. Dois a um. Quando viu o português pular, o Mudinho ficou desvairado. Caía a maior água, chuva de verão, e o malandro dançava mais que o Fred Astaire, no meio da rua, bagaceira na mão, gritando gol. Gritando é a maneira de dizer. Parecia um lobo de segunda classe, ou então essa musiquinha do governo:

– Uôu! Uôu! Uôu u ás-ōōō!

Bom, pra aumentar a emoção, Isolda saiu de casa, com chuva e tudo, e entrou no buteco pra comprar cerveja pro Rodolfo, Flamengo doente, que tinha ficado meio na bronca com aquele gol em cima da hora.

Mudinho pirou de vez: Isolda e gol do Vasco! Era demais.

Tentou de tudo quanto era jeito pedir outra bagaceira, mas os fósforos tavam molhados. Nisso, Isolda lançou-lhe à queima-calças o tal olhar descrito alhures. E, subindo um tantinho a saia justa preta, ajeitou um fio corrido da meia. Ô coxa de enlouquecer! O Mudinho arroxeou e depois ficou mais branco que o pessoal da UBC na hora de exibir a contabilidade. Suas bochechas incharam, e das profundezas da bagaceira veio a retumbante exclamação:

– Fõrra! Iôxa!

O portuga foi o primeiro a se refazer do espanto:

– Virgem de Fátima! Milagre!

Waldyr Iapetec, mais cético, sentenciou:

– Milagre o escambau! Isso é atraso no duro!

Isolda, chocada, retirou-se sem dizer palavra.

Ah, meus irmãos, a dignidade das mulheres ditas levianas bota muita filha de Maria no chinelo.

Foi então, Conceição, que o Lindauro, reconhecidamente um boçal, resolveu atacar de sutil:

– Pô, Não-Interrompe! Que falta de tato!

Mudinho quase quebrou o buteco. Jogou cadeira nos espelhos, deu cabeçada na registradora, chutou meio mundo, até que ele de posse do ferro de arriar a porta deu um pau no Lindauro que se pega!

Horas depois, Mudinho já acalmado por meu avô Aguiar, o Lindauro repetia igual a personagem de programa humorístico:

– Mas o que foi que eu fiz? O que foi que eu fiz? Um estrago desses só porque eu falei que ele não teve tato?

O Penteado, tremendo gozador, deu um gole na batidinha, acendeu meticulosamente um Florinha, e encaçapou a sete:

– Falta de tato, meu jovem, é dizer a um surdo-mudo que ele não tem tato. O rapaz já não tem dois sentidos e tu ainda tira outro, pô?

A PEREBA

O CASIMIRO FAZIA PARTE DA PAISAGEM.

A moçada naquela santa comunhão entre gargalos, copos e gogós, todo mundo jogando conversa fora, uma beleza, e o Casimiro lá, no mesmo canto de sempre, caladão, coçando a pereba.

Não era uma pereba qualquer. Tinha hora e lugar em quase todos os assuntos, desde a crítica severa: a mulher dele é mais feia que a pereba do Casimiro!, até a gozação: juro pela pereba do Casimiro, hê, hê...

Normalmente, o velho não ligava. A arteriosclerose já havia voltado os olhos dele sabe-se lá pra que ruas da mocidade, cheias de gente morta e proibida pelos anjos de falar. Daí a conversa do Casemiro ser um monótono monólogo de resmungos incompreensíveis. Seu rosto perdido quase não se alterava, a não ser em raríssimas ocasiões quando empurrava a cadeira e esbravejava:

– O culpado foi o Góis Monteiro! Aquilo não precisava acontecer! Foi tudo culpa do...

O Caporal Amarelinho caía da mão e uma alma piedosa aparecia com um cálice da santíssima "Acorda pra Cuspir".

Pronto! Casimiro sentava, mansinho, mansinho...

Nunca ficamos sabendo de que o Góis Monteiro era culpado, mas o Brasil tem disso até hoje: pessoas acusadas sem que se saiba o motivo.

Às vezes, a gente se pergunta: como é que um Casimiro desses continua vivo?

Bom, quanto aos Casimiros da vida, sei não. Mas sei por que aquele, lá da Rua dos Artistas, teimava em viver: se ele morresse, quem é que ia cuidar da pereba?

Era um chamego que dava gosto! Um tal de coça aqui, alisava lá, tira uma casquinha, examina, joga fora, limpa a mão no paletó de pijama, coça de novo... Uma verdadeira razão de viver.

Tá achando engraçado, palhaço? Tu não chega em casa e corre pra ligar a televisão? E a senhora? Não dá a vida para fazer fofoca no telefone? Pois é, cada um tem a pereba que merece. E eu ainda sou mais a do Casimiro.

Bom, em qualquer lugar do mundo tem sempre nego disposto a meter o focinho na tramela alheia. A Vila, apesar de todo o meu amor, não é exceção.

Por falta absoluta do que fazer, num fim de tarde chuvoso e deprimente, o Penteado, tremendo gozador, inventou essa:

– Já reparaste? A pereba do Casimiro tá pior do que a dicção do Dutra.

Que infâmia! A pereba tava linda com aqueles violáceos de sutis reflexos, modelo "Gangrena ao luar" (fica a sugestão pro Mauro Rosas se despedir das passarelas no próximo carnaval).

A rapaziada aderiu mais rápido que nossos políticos-durex. Dura lex, sed lex, na ARENA só durex. Os pacotes ainda nem tão prontos e os hôme já tão aderindo, sô!

Mas deixemos de aleivosias, como diria, destarte, o Dínarte.

Foi criada, num ato de exceção, a COAPE – Comissão Pró Auxílio da Pereba – e elegeram (voto direto) o Lindauro pra presidente da dita-cuja. Um trechinho no Discurso de Posse:

– ... aos lídimos anseios desta comunidade... de forma lenta e gradual... a vocação pacífica da Rua dos Artistas...

Acho que chega. Vocês já estão, como eu, fartos disso.

Depois de muitas deliberações, socos na cara, cadeiradas e um tiro (ah, o modelo brasileiro!), os dignos membros da COAPE chegaram a uma importante decisão: chamar o Doutor Waladão, médico de quase todo mundo ali, pra dar uma olhada "naquela monstruosidade", como já diziam os mais exaltados.

Doutor Waladão veio um pouquinho antes das oito horas da noite, e examinou a pereba em pleno buteco, diante de toda a Diretoria da COAPE, enquanto o rádio do portuga tossia "O Guarany". Terminando o exame, expectativa tremenda, o sábio retirou os óculos, meditou alguns instantes, e, num tom que não admitia vacilos, sentenciou:

– Salta uma casco-escuro!

Como?

Mas só depois de tomar a mamadeira todinha é que o Hipócrates da Vila afiançou:

– É uma perebinha besta.

Foi o fim da COAPE. Subitamente destituídos de importância, frustrados em suas intenções e expostos como uma pereba diante de si mesmos, os membros da comissão olharam com ódio pra coirmã, disfarçaram e foram saindo de fininho. Um velho vício do casuísmo pátrio: sempre damos mais importância à pereba do que à perna.

O Casimiro voltou a ser parte da paisagem.

Mas teve um lance curioso: num domingo florido pelos palavrões de vascaínos e tricolores, o Casimiro deu um pulo, subiu na cadeira e, ao contrário das imprecações habituais, vociferou:

– Esse Doutor Waladão é um perigo! Cuidado com ele! Nem quero pensar naquilo! Cuidado com ele!

O espanto foi tamanho que demoram a trazer a milagrosa "Acorda pra Cuspir". E o Casimiro fazendo embaixada com a reputação do ilustre médico.

De repente, vai ver autoempossado de novo na velha Presidência, o Lindauro berrou.

– Portuga! Depressa! Traz o remédio! Dose dupla! E com a sirene aberta!

Enfiaram a uca pela goela do velhote e plim! – foi aquela tranquilidade...

Aí, o Penteado maneirou:

– Poxa, Casimiro... O Doutor Waladão não falou por mal. E foi ele que arranjou os remédios. De graça, pô!

Sintam o caráter da resposta do Casimiro, digno representante da Vila:

– Jamais perdoarei esse homem! Perebinha besta é a puta que o pariu! E aqueles remédios todos? Será que vocês não entendem que eu não posso viver **sem ela**?

Ai, amor, amor, amor...

HOMENAGEM PÓSTUMA

O DOIS CARBURADORES SÓ TINHA UM DEFEITO: não era de Vila Isabel. Nascido e criado no Estácio, sim senhor. E que copo! Perguntem ao Amadeu, ao Ceceu Rico, ao Paulo Amarelo, tudo gente fina lá do "Três Amigos".

Mesmo sendo muito mais moço que a rapaziada, era considerado de primeira divisão. Pudera: nego já cuspindo grosso, cantando parabéns em velório, e o Dois Carburadores firme. Firme, pros neófitos, é o seguinte: malandro pode até vomitar no Alfavacas do companheiro, mas o porte continua impávido colosso.

– BLEEEEAAAAAARRRCHH!!!
– Que foi?
– BRRROOOOOOOUUUURRR!!!!!
– Tá se sentindo mal?
– AAAAAAAAAARRRRRRCGRROOOUUU!!!!!!!!
– Posso ajudar em alguma coisa?
– Pode. Pede mais dois.

Comovente, né? A fibra do grande copo aliada à fraterna solidariedade. Bar, estranho sindicato, que nem no samba-canção.

A essa altura do campeonato a leitorinha deve ter se perguntado: (– Dois Carburadores?)

Pergunta pra mim, minha flor. Me questiona e explicar-te-ei. Falando nisso, que tal construirmos umas mesóclises essa noite, hum?

Dois Carburadores é um apelido de autoria ilustre. Diz pra elazinha, Penteado:

– Bebe muito e vive desregulado.

Viu, neguinha? Desregulado, é claro, no bom sentido: matando o trabalho, se apaixonando todo dia a ponto de fazer soneto, interrompendo discussão política pra correr atrás de balão...

Me lembro como se fosse hoje! Vinte de janeiro, dois aniversários de igual importância: o Rio e o Tião da Garagem, um peito do tamanho do Estácio. A cidade tava comemorando, de bermuda, camisa aberta, o sol e o sorriso do Tião disputando quem brilhava mais. O Dois Carburadores pintou e foi logo chutando em gol:

– O de sempre!

O português se confundiu:

– Qual?

– Um de cada!

É isso, queridos leitores: os cidadãos fazem a festa. Só as autoridades não têm nada a declarar.

Já apaziguado pelos dezoito primeiros goles, o Dois Carburadores sacou outra pérola:

– Que qui tu tá comendo, Ceceu?

– Moela. Tá de chorar.

– Sei não... com esse calor... Meu irmão, enche o tanque e me traz um pinguim à francesa.

Quando a mão do Dois Carburadores começou a tremer, a alma carioca permaneceu impoluta. Tinha um bêbedo chato (eles existem), o Naufrágio, conhecido pela quantidade de carga que jogava fora.

– Olha a onda!

– Blleeeeeeaaaaaarrrrghhh!!!!

O Naufrágio teve o seguinte comentário imbecil:

– Tá tremendo? Começou cedo, garoto. Minha mão só começou a tremer depois dos cinquenta.

E o Dois Carburadores, de folha-seca:

– É que você leva trinta anos pra fazer o que eu faço em um só.

Foi tudo sem alarde, sem escândalo. Foi tudo brasileiro. E dou decisão: essa pompa, essa empáfia dessa merda aí não tem nada de Brasil.

— Ele tá internado. Fui lá fazer uma visitinha. Parece que não vai dar pé.

Morou no diminutivo? Visita de amigo nunca é visitinha. Mas tem a modéstia, aquele olhar que parece muito interessado numa marquinha do copo, a cara que não entrega blicas. Homenageio no Pasca esses anonimatos que resistem muito mais bonito do que herói de tragédia grega.

O enterro foi concorridíssimo. No bar em frente.

Teve purrinha, carteado, roda de piada, psiu pra mulher alheia... A peteca não caiu.

Se teve bebida? Ora, vá retumbar um editorial!

Vila Isabel mandou seu representante ao cemitério do Catumbi. E ele, modéstia à parte, teve destacada atuação.

Minutos antes de fechar o caixão, e depois do padre ser convidado a se retirar, atendendo ao último desejo do falecido (não quero ir pro céu. Quero ficar, como sempre, num buteco no meio do caminho. Quem sabe o Tião tá lá?), um bêbado anônimo tirou a criança e fez xixi em plena capela, um xixi daqueles intitulados "Arregaça-pro-salto-em-distância". Caía água do joelho em tudo: alça de caixão, círios, pêsames e condolências.

Até o Ceceu Rico, homem de poucas palavras, um cético, se manifestou:

— Se eu soubesse, tinha trazido o guarda-chuva.

Quando o linchamento parecia inevitável, o Penteado, tremendo gozador, exibiu as credenciais da Vila:

— Nada de arbitrariedades! Reparando bem, os cavalheiros notarão que o amizade aqui, solidário conosco, urinou a meio-pau.

PASQUIM Nº 417

DANÇANDO A QUADRILHA

GUENTA O FOLE, DEYSINHA, que o pessoal já tá formando pra quadrilha. Anavã, seguindo o par da frente, Seu Aguiar e Dona Noemia.

Bem no comecinho da noite mais fria do ano, meu avô pulava do 74 na esquina da Rua dos Artistas e a gente já tava esperando pra ajudar com os embrulhos. Quando entrávamos em casa, o Waldyr Iapetec, animado como ele só, aparecia de caipira, os fundilhos remendados, bigodes e costeletas de rolha queimada, e de chapéu de palha com o mesmo nome de sempre: Jeca Tatu.

Anarriê – todo mundo juntinho

Aí, a criançada arrebentava o barbante, esfrangalhava o papel e era uma tontura de tanta maravilha: vulcões japoneses, pistolas de lágrimas, morteiros, buscapé, bombinha que não acabava mais, e diabinho maluco, e rodinha pra soltar presa no cabo de vassoura, e estrelinha, e lápis colorido...

Travessê Geral – outra vez

Chegou a hora da fogueira. Tuninho Sorvete dava os últimos retoques, abria o melhor espaço pra batata-doce, discutia com o Ruço. Eles nunca tavam satisfeitos só de onda, porque a fogueira tava linda. Acende logo, pô!

Balancê com o par vis-à-vis e depois cada um com seu par

E iam chegando. Seu Alfredo, com um pote de pé-de-moleque:
– A Odete fez questão, Dona Noemia. É pras crianças.

Oferecia e provava logo um. Como gostava de doce o vô Alfredo: Vó Odete, diante do sucesso do quitute, sorria modestamente, os cabelos mais alvos que a lua surgindo no céu da Vila. Cicinha, pianista de mão-cheia, entre um e outro que-fazer, tentava impedir que o terrível Walcyrzinho explodisse o recanto dos fogos perto da despensa. Lindauro, boçal, mas bom coração, dava sinal e a Deysinha atacava no acordeão: noite fria, tão fria de junho... o céu já vestido de caipira, todo remendado de balões.

Beija-flor

Lá do portão, Ambrósio Gogó-de-Ouro mandou, no mesmo tom, "Capelinha de melão", enquanto Yolanda entregava pra minha vó uma canjica do outro mundo. O quentão começou a circular pra valer e se formou logo uma roda de piada. Só valia de padre. Afinal, a data pedia certa religiosidade. E que artistas da anedota, meus queridos leitores: meus avós, o Penteado, tremendo gozador, Esmeraldo, conhecido pelas domésticas da Penha como "Simpatia-é-Quase-Amor", Felício Bom-Humor tava ali!, Lindolfo, tido e havido como o maior papo do mundo, o Pelópidas, a tranquilidade em pessoa, o Fragoso, meio canalha, mas que belo repertório!, e por aí afora. Mesmo os mais tímidos, Benevides Galochas, Belizário, Casimiro Pereba, Anacleto (tira esse paletó, rapaz!), o Pombo, todos participavam. Pra vocês terem uma ideia do negoço, até o Ceceu Rico, que não gostava de festa, contou aquela do padre mentiroso com a corda no saco.

Aí vem chuva
– Hiiii!!!

É mentira
– Ahhh!!!

Engenho Novo – vâmo fazer o engenho rodar pra moer a cana

Incansáveis, as mulheres desdobravam-se nos comes-e-bebes. Yolanda, Juracy – ô mulher misteriosa! –, Maria da Graça, Dilma (de olhos no chão), Leopolda, Clotilde, Dona Otília, Madame Zenaide, a Heronda, que recebia o Pena Branca, todas elas, sob a batuta da minha vó Noemia, transformavam-se em bolos, cocadas, cuscuz, pudins e salgadinhos capazes de amolecer o dedo do Sinval Boaventura.

Passeio – todo mundo procurando o centro da roda

Foi então que desceu sobre o telhado do quarto dos fundos aquele bojo branco, enorme, com um único desenho no centro. A bucha tava quase apagando, não dava pra ver direito. O bicho vinha num prego danado. Mas pegou força, inchou, estufou as velas e partiu. O desenho era uma Cruz de Malta. O Mudinho, que já tinha chegado, falou pela segunda vez na vida:

– ÃÃÃÃÃS-ÔOÔ!

Damas à direita

Essa foi grande. Lindauro tinha comido tanto que pediu licença "pra ir ao reservado". Tanta – e inesperada – educação encheu a Deysinha de orgulho. Entusiasmada, essa flor de mulher perguntou na volta do príncipe consorte:

– Lavou as mãozinhas?

E o Lindauro, no melhor de sua forma:

– Pra quê? O rabo é que tava sujo!

Caminho da roça

– Lá vem a Tatinha! Alerta Geral que vem a peste!

Chegaram também a irresistível Isolda e seu partner, Rodolfo.

Aderbal Pai cumprimentou aquele manjar de saia justa com excesso de calor. Rodolfo ameaçou tacar-lhe um pote de melado nos chifres. Aderbal Júnior aproveitou a ocasião e, como sempre, borrou-se todo. Mas meu avô Aguiar abriu uma cana intitulada "Isso é lá com Santo Antônio" e foi todo mundo brincar de casamento na roça.

Roda-gigante – quanto mais maior é mais melhor

Namorados colocavam nomes queridos no orvalho. Estrelas cadentes provocavam pedidos. Seu Pascoal e Dona Almerinda recordavam e recordavam-se. Eu, Pedrinho, Eduardo e Armindo soltamos um balãozinho que foi cair logo adiante, na casa das solteironas. A operação resgate falhou, mas eu me apaixonei por uma arvorezinha e o Pedrinho me explicou que era um pé de romã.

Arco-íris

Benedito Lacerda apareceu e tocou "Naquele tempo". Ô flauta imortal!

Coroa de Flores

Botamos a vitrola, aquela de alto-falante grená, pra tocar quadrilha e todo mundo dançou.

Túnel Velho – brincar de passeio

O Bimbas, de terrina de vinho na mão, deu uns passos portugueses e se despediu com o clássico "vou-me já embora antes que pingue" Era sempre a mesma coisa, mas a gente ria de chorar.

Serpentina – quem começa é o par que guia

Foi o momento do Aguiar e da Noemia mostrarem porque serão sempre, sempre os donos da festa.

Caramujo

– Bllleeeeaaarrghhh!!!

– Viva! Chegou o Dois Carburadores!

Passeio de Namorados

Juracy e Esmeraldo, atrás da bananeira, enchiam o grande balão da noite de gemidos-lanterninhas.

Cestinha de Flores

Diante desse edificante exemplo, houve um começo de esbórnia. Beijo de língua, mão nas coxas, braguilha aberta, viva São João!!!

Caranchê

A moçada começou a puxar o carro. Os homens, gloriosamente amparados por suas mulheres.

– Boa-noite. Obrigada.

– Feliz Natal!

Dá-lhe, porre!

Serra Grande

Os que ainda ficaram tão meio derrubados pelos cantos. Ouve-se, de vez em quando, uma ou outra voz.

– Tira o dedo daí!

– Alguém comeu repolho!

– Bllleeeeeaaaarrrgghhhh!!!!!

Olha a cobra no caminho!

Eu já tava de pijama e quase todo mundo tinha ido embora. Só um poeta lá da Vila, um que era meio maluco, remexia nas cinzas da fogueira. Quando viu que eu tava espiando, falou, muito sério:

– Um dia, você vai fazer isso também.

Eu:

– E que que acontece?

Ele não respondeu, mas, pra minha surpresa, o Ceceu Rico, que não gostava de festa, homem de raras palavras, passou a mão na minha cabeça, deu uma tragada no Lincoln e disse um troço que eu só entendi ainda agora, escrevendo isso:

– De repente, quando você menos espera, acende tudo de novo. E queima. Queima muito mais que da primeira vez.

PASQUIM Nº 420
UNS-E-OUTROS

PARECE BRINCADEIRA: papas com nabiça, empadinhas aqui da ponta, vinho adoidado, regional à sombra das goiabeiras, e não é que pinta uns-e-outros a fim de defecar cheiroso?

Ninguém tinha menor ideia de que buraco o figurão saiu. Por isso, foi batizado exatamente como a interrogação que suscitou: Uns-e-outros. Plural justíssimo, porque, em matéria de dar no saco, Uns-e-outros valia por dez. Chato, cri-cri, tilim, top-top, escrotal, pentelho, paquete e demais qualificações. Uns-e-outros também era baixote, dentuça, usava colete e tinha nariz de fuinha espetado no ar, como se sentisse um permanente odor de merda.

Logo na entrada, já deu a pala:

– Bons-dias. Compareci à efeméride porque sou primo em segundo grau de um contraparente da nora do Eustáquio.

Tudo bem. Mas me diz um troço: quem é o Eustáquio?

Ninguém sabia. Muito menos o Uns-e-outros, penetra deslavado. Mas a hospitalidade da Vila é sobejamente conhecida, e muito antes que o Neves morresse, o pilantra já tava de copo na mão, ouvindo choro e cascateando mais que as Sete Quedas.

– É o que eu lhe afianço, meu caro: teorias catastrofistas não impedirão nossa inelutável emergência. Se dosarmos liberdade e responsabilidade, concluiremos: Castilho deve jogar! E as cassandras sectárias silenciarão diante da célebre leiteria. Há que impedir radicalismos rubro-negros. Nem que seja, em última instância, com pontapés nos bagos dos dissidentes liderados por esse agente estrangeiro, o Fleitas Solich. A quem, pergunto eu, a quem interessa a bancarrota? Hein? O caos beneficiará a quem? A baderna instaurada... tamos falando de quê mesmo, hein?

– Do Fla x Flu.

– Ahn? Perfeitamente! Do Fla x Flu. E eu pergunto aos senhores: que cachaça é essa? Bota mais uma.

O pessoal da Rua dos Artistas ouvia, impressionado, o lero-lero de visitante. A rigor, melhor dizendo, a blusão, só o Penteado, tremendo gozador, é que não engoliu a pílula:

– Esse cara tá tomando cana ou leite de magnésia? Só falou merda até agora...

Uns-e-outros não se deu por achado:

– ... é relativa. Pinheiro não deve permitir anarquia. Dida, com seus dribles exóticos, deve ser contido a qualquer preço. Medidas preservativas...

Neste ponto, o Lindauro engrossou:

– Peraí, pô! Camisinha, não! Também sou tricolor, mas vâmo respeitar a casa do Seu Aguiar. Camisinha, não!

– Mas, cavalheiro! A medida preservativa à qual...

– Não insiste, seu moleque safado! Pega teu preservativo e enfia aonde eu tô pensando.

– Você não entendeu, jovem. Meu instrumental...

Minha madrinha se encrespou:

– Ninguém aqui tá interessado no seu instrumental. Se botar pra fora, eu dou com o guarda-chuva em cima.

– Madame, se o seu nível de abertura...

PAAAFT!!!

Waldyr Iapetec estalou a mão na cara do piolho.

– Ninguém fala assim da abertura da Emília na minha frente! Não admito desrespeito na frente de senhora! Pode me achar antiquado. Não admito! Muito menos de um filho da puta desses...

Degenerou:

– Pau no bichona!

— Cerca, Ceceu, cerca!

VAPT!!!

— Chuta a cara desse palhaço!

— Eu boto a tropa na rua!

Meu avô deu dois tiros pro alto e a calma voltou a reinar em todo o território da Vila:

— Tá na mesa. Depois do almoço, se for o caso, a gente continua.

Que papas, meus prezados! Verdadeiro esbanjamento de paios e dotes culinários. Parabéns, Dona Noemia!

Na hora do cafezinho, o Esmeraldo cobrou:

— Então, Uns-e-outros? Que tal a boia?

— Minhas Senhoras e meus Senhores: celestial! Verdadeiramente celestial! Puta que o pariu!

A rapaziada cumprimentou Uns-e-outros pela felicidade com que, em poucas – e sinceras – palavras, traduziu o pensamento geral.

— Esse cara é dos meus!

— Uma cabeça, Dona Otília. Tão simples, tão modesto, nem parece. Mas é uma cabeça!

Quando o bando começou a dispersar, aí pela hora do Papel Carbono, Uns-e-outros foi alvo – no bom sentido – de atenções especiais:

— Foi um prazer! Apareça sempre!

— Passar bem! Uma honra mesmo.

— Volta domingo que vem, pô! Vai ter um cozido de arromba.

Diante de tanto babilaque, Uns-e-outros resolveu aprontar:

— Domingo que vem... prometo fazer o possível... terei de consultar minha agenda.

Já tava no portão, quando o Lindauro gritou, com a boca cheia de empada:

— Ô, Uns-e-outros! Recomendações à senhora sua Agenda!

Por volta de meia-noite, deitado de cuecas em seu quarto de uma casa de cômodos, lá em Piedade, Uns-e-outros sorria no escuro, botava a mão no olho roxo e vibrava:

— Agradei em cheio!

PASQUIM Nº 428

COMISSÃO DE FRENTE

PENSAR QUE FOI TUDO POR CAUSA DE UM BALÃO. Incrível! Não era dos grandes, estrela, charuto, tangerina... Não era balão do famoso Garrafa, que depois se mudou pra Niterói; nem parecia obra do joalheiro Romeu e sua equipe; tampouco possuía aquela majestade dos bojos de Água Santa, de Cachambi... Não. Cambeta, mal-ajambrado – a gente só correu atrás dele pela honra da firma.

– Vai cair ali na esquina da Ribeiro Guimarães.
– Nada de pedra, pô. Vê lá!
– Hiii, menino! Bem no telhado do Seu Boanerges!

Seu Boanerges e a não menos boa Dona Santinha. Senhora já entrada em anos, deles saía com a maior tranquilidade graças ao busto, muito mais considerado na Rua dos Artistas do que os de Tamandaré, Caxias e outros bustos. Dava aquela sugestão de coisa tenra, gostosa, mas com a necessária consistência. Frutas no ponto. É isso aí.

O pessoal não livrava a cara, ou melhor, o busto.

– Muita carne pra um Boanerges só.
– Esse é que é o verdadeiro seio da família brasileira. O resto é conversa.
– Um busto desse não tomba nem com a ajuda do Patrimônio Histórico.

E num preito dos mais... hum... tocantes!, o Penteado, tremendo gozador, apelidou, sutilmente, aquele oásis edênico e, por que não dizer, sutiânico de... hein ?... Comissão-de-Frente!

Que tal? Perfeito, né? Abrindo o desfile e ganhando nota máxima no carnaval dos corações. Mamãe, eu quero mamar! Perdão, leitores.

Agora, não pensem que o Boanerges vivia na sombra do boi. Ou da vaca. Nada disso. O Boa era o melhor tocador de folha de ficus de Vila Isabel inteira. E não tinha negócio de popular e erudito, não; era tudo a mesma bosta. Me lembro como se fosse hoje! Benedito Lacerda na imortal flauta e o Boanerges no ficus. Se não me falha a memória, executaram uma página de Patápio, deixa eu ver... Margarida... não, não... Primeiro Amor! Lembrei! A rua inteira fez uma roda em volta dos dois. Menino, o Boa já tava roxo de tanto assoprar aquela porra, Dona Santinha arfava de emoção, a gente, a cada inspiração da Comissão-de-Frente, perdia o fôlego... Pode-se dizer que foi um sufoco. Quando o número terminou, o Benedito e o Boa receberam a maior ovação da vida deles. Porque não há palco, meus prezados, como as calçadas da Vila.

– Bravo! Bravíssimo!

– Som de prata, Benedito! Som de luar!

– Dá-lhe, Boa Bom-de-Bico!

– Viva os peitos da Dona Santinha!

Tem sempre um mais afoito. E logo com a Dona Santinha, que, não obstante a fofura do colo, era uma verdadeira fortaleza moral, uma inflação de virtudes, do céu da boca à xereca,

Filha de Maria, respeitadíssima na Igreja de Santo Afonso, não admitia abusos. Delicada, mas só bom-dia, boa-tarde, boa-noite. Caridade, só a tradicional e fim de papo.

O próprio Boa, mesmo com uma quedinha pela boemia, era católico praticante. Ficava vermelho com as piadas mais inocentes, vocês são de morte, vocês não têm jeito...

E pensar que, por causa de um balão sem caráter, foram embora da Rua dos Artistas.

Devia ser quase meia-noite. O arremedo de balão caiu no telhado deles e a casa, muito antiga, começou a pegar fogo como se fosse de papel. A gente tinha certeza que eles tavam lá dentro. Eram muito caseiros.

– Fogo! Fogo!
– Água! Água!
– Alguém aí telefona pros bombeiros!
– Eu boto a tropa na rua!
– Boa! Dona Santinha!
– Eles não respondem!

A Rua dos Artistas virou um varal enlouquecido. Cuecas passavam baldes d'água pra ceroulas, camisolas oravam, desmaiavam doces combinações, ai, a Isolda dorme só de calcinha!

O Lindauro, boçal, mas bom-coração, resolveu não esperar pela chegada dos valorosos soldados do fogo e meteu a chanca na porta. Foi aquele quarenta e quatro bico largo carimbar a madeira e choveu lasca pra todo lado.

Aí, gente fina, ficou mais quente que o próprio incêndio. Dantesco! Chocante! Marcos Tamoyo!

Boanerges e Santinha tavam distraídos no maior pagode. Ela, santinha do pau oco, aquela filha de Maria, no sofá grená, envolta em véus improvisados, recostada, languidamente, nuns travesseiros de florzinha, dava uma de Messalina, ao passo que o Boa, com uma toga de bloco-de-sujo e coroa de arruda no alto do coco, mamava feito uma criança, embora eu reconheça que bebê nenhum possui uma tatuagem daquelas que o Boa ostentava no braço: um coração com os dizeres "no peito e na raça". Mais no peito do que na raça.

Assim não há Roma que aguente.

Messalina deu um chilique, Nero passou mal do coração, e nós, tristes súditos da inveja e do despeito, mesquinhos e hipócritas, polegares pra baixo, condenamos a luxúria em geral e as duas subdesenvolvidas bacantes em particular.

Mas o tempo é o cavalo montado pelo castigo, e, até hoje, na Rua dos Artistas, quando alguém escuta a música de uma folha de ficus, baixa aquela nostalgia garoando...

Por causa de um balão, que grande artista a Vila perdeu.

E, lastebatenoteliste, que par de peitos!

TIREM AS CRIANÇAS DA SALA

— TEM UM GÊNIO!

Como diria um legista brasileiro: sem sombra de dúvida. Tavam falando da Biluca. A gente nunca lembrava o nome dela. Era Biluca e pronto.

Pelo menos, era assim que o Tatão chamava a onça. Chamava é refresco. Gania. Porque ele – seresteiro profissional, bom taco, copo de fazer inveja a qualquer biriteiro dos altos escalões – diante da mulher, não ladrava. Gania.

Sem essa de laudos precipitados. Nós, da Vila, não apreciamos chibata, açoite, meia, essas poucas-vergonhas... O Tatão não era frouxo: saía na porrada, dizia palavrão, era um belo ponta-direita, mas, diante da mulher, aquela água. Entrâmpsias da vida.

Os prezados leitores, ingênuos de marca maior, já devem ter esboçado a Biluca mais ou menos semelhante ao Erasmo, o sectário de inceruganssa de Ção Paulo. Pois quebraram a cara. A Biluca armava sorrisos de provocar equimose em olho-mágico. E que ninguém nos ouça, merecia um investimento naquelas áreas de lazer.

Agora, tinha os seus defeitos. Embora lembrasse um doce pardal interiorano, passava a marcha com a sutileza de uma andorinha. Tô me referindo àquele caminhão de mudança.

– Ô fresco! Esse teu pincel não lambuza nem rodapé. Não levanta nem com macaco. Sabe o que qui tu é? Um...
Tirem as crianças da sala.

O impressionante é que, nessas descompusturas, o Tatão limitava-se a retorcer a ponta dos soberbos bigodes. Como se não tivesse acontecido nada, virava pra alguém e:

– O Flamengo merecia a vitória. Aquele pênalti que o juiz não deu...
Olha só quem fala! Malandro era aterrado dentro da área e não saía nem cartão amarelo pra Biluca, pô!

– Tu é chegado a uma espada de samurai? Então, criança, enfia o dedo e rasga, que a mamãe aqui não tá com a bússola pra esses orientes. Tua agulha imantada não bandeia mais. Apagaro o candieiro, derramaro o gás.

Tatão, aparentemente inabalável, fingia que não era com ele. Pra falar a verdade, o Tatão sempre fingiu: sua malandragem, sua capacidade de improvisação (tem saída pra tudo!), sua peteca sem jaça ou tombo... Chute, puro chute.

Mas quem atira a primeira pedra num homem que finge? E com essa chave mestra o Tatão se dava bem. Cascateiro entre cascateiros, canastrão entre bufões, sicofanta entre coca-colas, o Tatão sabia que, em último caso, era só puxar a válvula. O papo dos mais chegados também era merda líquida.

Por isso, ninguém estranhou muito quando, num esplêndido frango ao môlho pardo (molho sem circunflexo fica meio sem sal), a Biluca bateu com o salto sete-e-meio na toalha da Deysinha e fulminou:

– Aqui é tudo vaca! O frango que se foda! O rebanho aqui é vacum! Que qui há? Tô de verde? Tô borrada?

Maior zona. Palavrão, bolacha, saia levantada, dedo no olho, cafezinho, o Amaral Neto fazendo islaide... E o Tatão? Eu sei que é lastimável, mas o Tatão repuxava os bigodes e criticava o Tomires, o que parece uma incongruência num camarada que tinha um verdadeiro beque por esposa.

Biluca, como se tivesse recebido – que a banda de lá nos perdoe – uma alcateia de exus, metralhava em panorâmica:

– Que qui é, Deysinha? Vem dentro! Pisa na barata! Não faz essa cara de santa, não! Pra cima de mim? Vai tratar desse corrimento!
– Já o Jordan é um belo marcador...
– Não disfarça, Tatão. Seja homem ao menos uma vez na vida. Tu não passa no teste da farinha, morou?
– ... O Moacyr, jogando pro time, que categoria! Desde o Rubens...
– ... e quem gosta de chupador é sorveteiro. Teu picolé derrete e eu que entro numa gelada? A tua mãe...
– ... a forma do Dida. Com esse ataque, eu acho que a gente chega lá. Levo a maior...
– Eu sei que tu leva. Não precisa botar no jornal.
– ... fé. O Dequinha é que não pode vacilar...
– Vacilão é tu, vicoda! Charmutão velho!
– ... pra garantir o meio-de-campo com a ajuda da torcida...
– Ah! Se entregando, hein?

Aí, o Lindauro não aguentou mais.
– Pô, Tatão. Mete a mão nos corne dessa doida. Um cara como você não merece isso. Taca-lhe o pau!

E o Tatão, filosófico:
– Pior foi o Rodolfo Valentino, que morreu de apendicite. Um dia vocês vão entender meu ponto de vista. Eu sei que a Biluca não dá bola pras minhas qualidades. Mas, em compensação, já conhece todos os meus vícios. Me destrata, é verdade, mas me dá casa, comida e roupa lavada. Eu sou um homem prático. Vão bora, neguinha? Já tá ficando tarde.

Antes de sair, a Biluca ainda pisou no rabo do totó, cuspiu no papagaio e fez xixi numa samambaia-chorona, tudo isso ao som de palavrões mais cabeludos do que inadimplência.

Depois que os ânimos serenaram, o Lindauro virou pro Penteado, tremendo gozador, e perguntou:
– Cumé qui pode? Cumé quesse cara suporta isso?

Penteado limpou calmamente a boca no guardanapo de linho e presenteou o mundo com essa pérola do pensamento vilaisabeliano:
– Ao môlho, todos os frangos são pardos!

TU LEMBRA DO LEOCÁDIO?

LEOCÁDIO MUDOU-SE PRA MELHOR CASA DA RUA DOS ARTISTAS. Era um sujeito com cara de próspero, pinta de que faturava fácil. Desses picaretas que, nos dias da democracia relativa, se autodefiniriam como "um realista", dotado de impressionante imaginação criadora.

Desde a mudança, o Leocádio perturbou a rua: móveis inacreditáveis, comprados na longínqua Copacabana.

O Lindauro, que tava dando uma espiada na mudança, viu um troço estranho:

– Ué... quê aquilo ali?

Deysinha, sua digna esposa, deu vazão a sua cultura:

– Uma mesinha de centro, querido. Última moda.

E o Lindauro, boçal, porém sincero:

– Sei não... nesse centro os caboclo deve ser tudo anão.

Mas o que impressionou mesmo foi o rabo de peixe: vermelho, glamoroso, bárbaro, deixou todo mundo sem fala.

O carro parou macio, macio, e as comadres vieram corujar atrás da veneziana. Os garotos interromperam a pelada e a porta do buteco ficou assim de gente.

Foi quando saltou do rabo de peixe a Jurema, mulher do emergente Leocádio:

– Rapaz, olha a traseira!

– Num tem preço! Pode escrever aí: um lombo desses num tem preço!

– Garçom, minhas gotas!

– Já pensou o pisca-pisca funcionando?

– Ô Penteado, cumé aquela máxima do Platão?

– Da feijoada ao pavão, o rabo encerra a questão.

Leocádio, apesar de exibir um queixo estilo AI-5, não impressionou tão bem:

– Quem esse cara pensa que é?

– Deve ser do tipo que acha que faz xixi um metro certo.

– Vou lá perguntar se ele é que é o Janô Pacheco.

– Boa, hê, hê... pergunta se esse panaca faz chover...

Com essas pequenas implicâncias, o pessoal ia à forra em cima do Leocádio, que atacava de superior.

– Cambada de pés-rapados, Jurema.

E a Jurema nem-te-ligo. Mulher calmíssima, sabia que era boa e que deixava tudo que era mastro embandeirado.

Aos domingos, Leocádio, binóculos a tiracolo, esperava a esposa acomodar o rabo no rabo de peixe e tocava pro Jóquei enquanto a turma ia pro Maracanã.

– Aquela besta do... cumé mesmo o nome dele?... é só farol.

– Claro! Um dia eu compro um carro desses e aí que eu quero ver.

Só o Penteado, tremendo gozador, mantinha o espírito esportivo:

– Quem nasceu pra Austin nunca chega a Chevrolet!

Me lembro como se fosse hoje de um feriado, cadeiras na calçada, pipas no alto, um rádio tocando "Cinco companheiros"... O buteco tava completamente lotado, um custo pra conseguir chegar no balcão. Aquele tumulto de traz mais uma, tá faltando um copo, me dá um Lincoln (de ponta a ponta o melhor) e fósforo, tirar a água do joelho, manda um salaminho, mulher de amigo meu pra mim..., dizem que o Castilho não joga, calma no Brasil!, parto-lhe a cara, sem colarinho, cadê o palito, aquela que matou o guarda, aí o papagaio virou pro gato e, vou vomitar, borboleta na cabeça, atchhimm!, nunca mais vou esquecer aquela ingrata, soltaram um daqueles, sabe quem morreu, vai-se rodando...

O rabo de peixe veio vindo e parou. Macio, macio. Leocádio saltou, contornou o carro e, num gesto de extrema arrogância, abriu a porta pra sua patroa. Jurema escorregou pelo assento aquilo tudo, de óculos escuros, sensuais sandálias de salto-alto e maiô preto. Mulher calmíssima, com a maior naturalidade, ajeitou a parte detrás do maiô, empinando um nadinha a mala esplêndida.

Mala, meus prezados, pelo seguinte: o choque sofrido pela rapaziada foi tão grande que só uma semana depois, numa rabada, é que surgiram os primeiros comentários, mas como havia a bordo um enxame das respectivas caras-metades o papo ficou meio automobilístico:

– Que mala, hein?

– E os faróis? Rabo tão bonito, a gente quase esquece de falar nos faróis...

– Em matéria de acabamento, eu... como direi?... hum... eu... eu me acabava!

Até o Pelópidas, a tranquilidade em pessoa, fez sua piadinha, olhando de banda pra Heronda:

– Leocádio de rabo de peixe e eu de forde bigode.

Quase todos os moradores da rua deram sua modesta contribuição, anônima e legítima, pra maior glória da Jurema: tanajura, reboque, terra-da-promissão, zabumba, pudim-de-pão, unidos venceremos, corcunda ao sul! ponto-de-vista, almofadão, descansa-queixo, jacadura, e outros um pouquinho mais ignorantes.

Numa tarde de agosto, mês de desgosto, um ou outro bonde sonolento passando na Pereira Nunes, Leocádio e Jurema foram embora pra Co-pa-ca-ba-na. Ele não deixou saudade, mas, até hoje, dá assunto na Rua dos Artistas e quem não estiver por dentro do lance estranha a conversa:

– Tu lembra do Leocádio?

– E como! Que rabos!

PASQUIM Nº 443

O INSTRUMENTO DO FRANCELINO

O FRANCELINO VEIO PASSAR UNS DIAS COM A TIA, Dona Otília, e foi ficando, ficando, ficou. A velhota era a maior fofoqueira da Rua dos Artistas, sempre de janela, os olhinhos de coruja doidos atrás de uma novidade. Tinha, ainda por cima, uma asma famosa em todo o bairro pela variedade de sons que emitia, o que valeu à coroa o sutil apelido de "Tem Gato na Tuba". Francelino também possuía pendores musicais e comprou um bandolim. Tocava mal e porcamente, e a rapaziada que hoje se dedica ao som aleatório devia ter visto a soma do bandolim do Lino com a asma da velha. Negoço de arrebentar Bienal.

Só a Deysinha, que destroçava no acordeão, páreo duro pra Conchita Mascarenhas – no talento e nas coxas – incentivava o rapaz. Bons vizinhos, conversavam pelo muro do quintal:

– E então, Francelino? Como vai o instrumento?

O maldoso pensava: duro, gostosa. Só pensava, é claro. Deysinha, cês lembram, era mulher do Lindauro.

– Tenho tocado muito, Dona Deyse, pensando na senhora, quer dizer, no seu exemplo.

– Ora, Francelino! Eu toco mal. Esqueci muita coisa, não tenho tempo pra estudar...

— Um crime, Dona Deyse. Um verdadeiro crime. Só de imaginar suas – se me permite a liberdade – doces mãozinhas tocando, eu quase desmaio de...

— De fresco que tu é!

Lindauro em cena.

— Mas, um dia, tu vai desmaiar pra valer com o cacete que eu vou te sentar na tromba, babacão.

Francelino sumia na poeira, e Deysinha, mulher de fina educação, advertia severamente o marido enciumado:

— Cê não vê que ele é apenas um menino? Cumé que cê pode ferir assim a sensibilidade de uma criança tão talentosa?

Retirava-se pro quarto, indignada.

Lindauro ficava resmungando:

— Criança... com aquela costeleta de cafetão... Mas eu ainda vou à forra. Juro pela leiteria do Castilho que ainda vou à forra naqueles corne musicais.

E deu na cabeça, ou, pra usar a expressão do próprio Lindauro, deu nos corne.

Veio de Portugal um irmão do meu avô Aguiar e foi recebido com todas as honras: bacalhau à Gomes de Sá, garrafões de vinho, música e porrada.

Vamos à segunda parte do programa: depois de traçar três pratos e de bicar, comedidamente, umas dezoito terrinas de vinho, meu avô pediu que sua filha Cicinha brindasse o visitante com sua inesquecível interpretação ao piano do "Despertar da Montanha". Foi um autêntico orgasmo de aplausos. Entusiasmada, Deysinha foi buscar o acordeão e executou "Kalu". Arranjo primoroso, tinha um quê de sensualidade que até hoje me arrepia o saco. Deve ter acontecido a mesma coisa com o Francelino, que já meio sobre o gambá, levantou-se de olhos vidrados e atarraxou essa:

— Dona Deyse, vou tocar uma em sua homenagem!

E, numa confusão lastimável, ao invés de empunhar o bandolim, levou a mão à braguilha.

O Lindauro deu um sem-pulo de revesguete na cara esquerda do Francelino que a cabeça do despudorado ficou tortinha pra direita.

Duas horas depois, quando voltou a si, Francelino olhou em volta, ouviu o gato na tuba da tia e perguntou:

– Que país é esse?

Penalizado com a situação do rapaz, e munido das prerrogativas do autêntico anfitrião, meu avô Aguiar pediu licença aos parceiros da sueca, levantou-se com a dignidade de um maestro e, com o intuito de consertar a cara do Francelino, tacou-lhe uma porrada ortopédica do lado que tava dando vista pro mar. Mas pecou por excesso de zelo e a cara do Francelino ficou torta do mesmo jeito, só que pro outro bordo.

Dizem que o infeliz virtuose, antes de cair no chão pela segunda vez, ainda murmurou:

– Salvaguardas, pelo amor de Deus!

Meu tio-avô até hoje escreve de Portugal recordando o almoço, elogiando minha vó Noemia pelo bacalhau e agradecendo as homenagens musicais. E, muito gentil, sempre pergunta por "aquele laparoto que sentiu-se mal de emoção".

Mas Francelino vai bem, graças a Deus e ao Penteado.

O tremendo gozador, no fim daquela mesma noite, deu um tapa nas costas do Francelino e sugeriu:

– Vende o bandolim e vai de violino, Lino. Aproveita o queixo.

Que aula de Política, hein, leitores?

PASQUIM Nº 444

ARTISTAS DA RUA FUTEBOL E REGATAS

FOI NUM DOMINGO DESSES EM QUE A GENTE FICA NA PORTA DO BUTECO encarnando no alheio, fazendo psiu pra mulher boa, soprando que ela era a nora que mamãe sonhou, se verde é assim que dirá madura, qual o telefone do au-au, lembrando samba na caixa de fósforo, disputando batida no palitinho... Foi num domingo assim.

– Rua sem time não é rua de respeito.

Pronto. Penteado falou, tá falado. No segundo seguinte, tinha gente escolhendo o nome da agremiação, bolando as cores da camisa, o desenho da bandeira, pensando nas coxas da futura madrinha do onze, e a Sede?, vamo correr uma lista pela vizinhança, a maior atividade. Bom, despontou, de Vila Isabel para o mundo, o Artistas da Rua Futebol e Regatas, ARFR, embora nego ali só remasse em dia de enchente ou porre total. Vai ver foi esse o motivo da Sede ficar no buteco mesmo. A camisa era rubro-negra-tricolor-anil-amarela com uma cruz de malta roxa no peito, porque a maioria, modéstia à parte, era Vasco. Pra madrinha, Isolda, a da saia justa, musa pra Parnaso nenhum botar defeito. E, escolhidos a dedo os que levavam jeito, a ADEG informa: no gol, osso-duro pro internacional Daniel de Ponte Nova, o Ceceu Rico, que não gostava de festa, atuando de boina basca, óculos raibam, suéter carinhosamente tricotado pela vovó Odete, bermudas cáqui, meias soquete e sapatos sociais, numa das mãos um programa de corrida de cavalos e na outra um taco de sinuca, esportes que, no sábio dizer do Ceceu, "estão sempre presentes". Atrás da baliza, uma garrafa da famosa "Não pode ser 1 x 1". Passemos à zaga, estilo antigo: Esmeraldo "Simpatia-é-Quase-Amor" e Pelópidas, a tranquilidade em pessoa, que a posição exige isso. No meio-campo, coisa de deixar o grande Danilo boquiaberto, atuavam Bimbas, Penteado de centeralfe – a mais ilustre posição que o futebol conheceu – e o Mudinho. Pra finalizar, o tenebroso ataque: Waldyr Iapetec, Tuninho Sorvete, Lindauro, Ambrósio Gogó-de-Ouro e...

Pois é. Não tinha ponta-esquerda. Por incrível que pareça, ninguém na Rua dos Artistas pegava firme com a canhota. A discussão foi uma zona. Parecia a Câmara, o Senado, por aí. Até que lembraram de um cara da Gonzaga Bastos que calçava 44 e se intitulava Canhoteiro I, mistura de canhoto e canhão, cheio de banca.

– Canhoteiro I porque lá no São Paulo tem outro. É apenas o II.

Trouxemos a fera. Contrato fabuloso pra época: ele cumpria o dever na ponta e a gente pagava a despesa de bar depois do jogo.

E assim, com uma senhora camisa de sete cores e uma bandeira onde se destacavam duas garrafas cruzadas sob o bonde 74 bordado à mão, estreamos, ARFR, em Cachambi. O time dos home tinha uma retranca bem armada: canivete, peixeira, garrucha... madeira de dar em doido. A menina dos olhos da torcida local era o Chanca, lateral-direito.

Um 0 x 0 desses de arrepiar. Com uns trinta minutos do segundo tempo, sem ter ainda encostado o pé na bola, Canhoteiro I gritou "dá!" e foi lançado por nosso fabuloso centeralfe. O ponta e seu marcador lutaram pela bola – a socos e pontapés – mas nosso atleta conseguiu centrar. Lindauro entrou de cabeça e faturou. Devido ao calor da luta, Chanca e Canhoteiro caíram num barranco, no meio de um capim alto tipo estupro e só regressaram dez minutos depois.

Chanca apareceu meio sem graça, cheio de marcas roxas no pescoço e, atrás, com um rebolado estranhíssimo e uma flor na boca, vinha o Canhoteiro I, que ao entrar em campo, todo rasgado, deu vários passos de balé. Pra vergonha do Artistas da Rua Futebol e Regatas, nosso craque foi expulso em seguida por ter tacado um beijo de língua no goleiro adversário. Passando pelo bandeirinha, o tresloucado ciciou:

– Sai Canhoteiro I, nasce uma estrela.

Apesar do vexame, e com um homem a menos, Ceceu Rico e a caninha seguraram, com defesas milagrosas, a vitória. E, no finalzinho, quase que o Penteado enfia outro de patinete, jogada de sua criação que iludia totalmente os adversários, troço de circo.

A vitória foi muito comemorada na Sede. Nada empanou o brilho da festa. Nem mesmo a chegada do Canhoteiro I de braço dado com o Chanca.

Ainda levamos bem uns cinco jogos com a boneca na ponta, antes dela viajar pra Europa com o espetáculo de travestis "Brazil Salvaguardas Folies".

Não tínhamos adversário. Inacreditável o rendimento daquele ataque. Que, por exigência do próprio ex-Canhoteiro I, era anunciado assim; Waldyr Iapetec, Tuninho Sorvete, Lindauro, Ambrósio Gogó-de-Ouro e Viveca Lindfors.

A natureza humana é um mistério.

VIAJE BEM Nº 5

DUCHA, DRINQUE E PRATO-DE-VERÃO

— TEM AQUELE CHARME BRITÂNICO!

Era meio cascateiro, mas bom-caráter. Tava sempre pelo centro da cidade dando palpite na banca do Tolito, enchendo o saco alheio no ponto dos músicos, batendo um taco, jogando purrinha, um eterno sorriso na cara. Conhecia todo mundo e não dava trela pra gaiato!

– Cumé, Chamborde? No batente?

E ele, na maior:

– Sempre, meu irmão. Despachante não tem refresco.

Essa história de despachante nunca ficou muito clara e um ou outro maledicente se aproveitava pra fazer palhaçada:

– Fala, Chamborde? Despachando muito?

– Assim-assim...

– Tá trabalhando em qual encruzilhada?

– Na da tua...

– Tá legal, tá legal! Não precisa se ofender. Abração na galinha-preta.

Outros pintavam pelo prazer de ouvir uma das maluquices do Chamborde. Feito aquela do mal-estar. A leitora não conhece? Que ignorância mais linda! É o seguinte: o nosso herói passava a patroa (lá dele) pra trás. E a Mirtes era um verdadeiro Orlando. Corria o campo todo e batia de rijo. Daí, quando o malandro voltava de um pagode mais descarado, dava meia-trava no buteco da esquina e pedia ao portuga, pra espanto geral:

– Uma laranjada, dois chopes e um suco de vaca. Morninho.

Nego ficava doido com aquilo. Um suspiro de resignação e o Chamborde mandava a laranjada, virava o primeiro garoto, suspirava de novo, mamava o leitinho morno e, já nas últimas, traçava o outro chope.

Pagava com os beiços fortemente apertados e ia pra casa devagarinho, pé ante pé.

Assim que abria a porta, a patroa vinha lá de dentro feito uma locomotiva;

– Te esperei pra jantar, sua zebra. Fiz a carne assada com o molho que você gosta e...

Chamborde jogava a carga ao mar, ou melhor, no tapete e ficava cinza. Depois, com cara de vítima, apontava a sujeira no chão e estertorava;

– Mal-estar horroroso! Tudo por causa de um desgraçado de um copo de leite. Nunca mais! Leite, nunca mais!

Eu assisti a esta cena uma vez e juro que era digna de um Oscar. A Mirtes acabava com pena, fazia chazinho e o vivaldino ia dormir pretextando que amanhã vai ser um dia cheio.

Carnavalesco até debaixo d'água, sabia uma quantidade incrível de marchinhas e sambas, e, antes de cantar, anunciava elegantemente os autores e o ano de lançamento. Fundou um bloco, lá na Vila, o Bloco Carnavalesco Delírio do Sarro, e gastou as economias de uma vida inteira – da Mirtes, é claro – em bateria, Kombi com alto-falantes, frete de caminhão pros familiares dos foliões, estandartes etc. A Mirtes ficou desesperada, mas guentou firme. Quando o carnaval acabou, na manhã de quarta-feira de cinzas, pegou o Chamborde pela gola do Pierrô e não usou de meias palavras:

– E agora, otário? Juntei essa mixaria com o maior sacrifício pra dar de entrada numa casa melhor e, em três dias, a grana bateu asas e vuô. Neca de casa. E por quê? Porque tu é otário.

O Chamborde saiu correndo atrás dela, de pierrô e tudo, pela Rua dos Artistas, com um tijolo na mão. Preso em flagrante, apontou pro tijolo:

– Eu só queria mostrar a ela a Pedra Inaugural de nosso futuro lar.

Ontem, depois de um papinho sobre nossa paixão comum, o Vasco da Gama, Chamborde fez o amável convite:

– Limãozinho no Pé-Sujo?

– Tava indo justamente pra lá.

E qual não foi a minha surpresa quando o cara de pau deu dessa:

– Ótimo! Ótimo! Nada como um drinque e um bom banho antes do almoço.

Já no balcão do Pé-Sujo (ou Cuspe-Grosso, como queiram) pediu delicadamente:

– Por obséquio, providencie uma ducha fria, um drinque e um prato-de-verão. E anote o pedido aqui do nossa-amizade.

Eu fiquei mudo.

Até que o garçom trouxe a encomenda e o Chamborde, esbanjando categoria, derrubou o copo d'água na cabeça, tomou o limão e saboreou o ovo cozido.

PASQUIM Nº 442

NÃO FAZ MAL, NÃO FAZ MAL, LIMPA COM JORNAL

MINHA VÓ NOEMIA E EU ÍAMOS, DE MANHÃ CEDO, ao quarto dos santos apanhar as latas vermelhas com os enfeites da árvore. Além das bolas coloridas, havia anjinhos de louça, flores de pano, coelhos de cristal, soldados de chumbo, uma estatueta do Getúlio tomando chimarrão, um recorte de jornal do ataque do Vasco (Sabará, Livinho, Vavá, Walter e Pinga), todas essas maravilhas culminadas por uma ponteira de trezentas cores e uma estrela de papel-brilhante que, feito a original, indicava o presépio sobre a vitrola, com carneiros de algodão, um burro de feltro, uma vaca de gesso, bibelôs de gatos e cachorros, Jesus, Maria, José (levem esse soluço pra quem bem me quer), uma lagartixa de borracha, patos num laguinho parecido com o da casa dos meus avós do Estácio, um pinguim de geladeira em plena Galileia, um retrato do meu avô Aguiar discursando no sindicato, uma placa do PTB e os Três Reis Magos atrelados aos camelos para todo o sempre.

Depois chegava o Ruço, homem de quinze profissões, que sabia tirar o polegar da mão esquerda, uma coisa incrível, e enchia tudo de fios de prata, neves e lâmpadas pisca-pisca. Agora, só erguer a montanha de presentes.

Escondido da gente, Waldyr Iapetec remendava a roupa de Papai Noel, engraxava as velhas botinas do exército, ajeitava o cinto de papelão, alisava a barba branca de estopa, entre um e outro gole de Ferreirinha "que esse negoço é coisa muito séria".

Aparecia o Bimbas pra uma sueca preliminar na mesa do quintal, cervejinhas à mão, todos eles de camiseta, enquanto as mulheres acabavam de, com licença da expressão, enfeitar o peru pra começarem a esculpir a indescritível cascata de camarão, obra muito mais séria que as itaipus da vida.

No meio disso tudo, Tuninho Sorvete azeitava o 38 "pra qualquer eventualidade", e o Ceceu Rico, que não gostava de festa, estudava, com aparente indiferença, o retrospecto dos cavalinhos. A essa altura, eu e meu primo, o terrível Walcyrzinho, já tínhamos saído na porrada umas trinta e duas vezes.

Essas mumunhas faziam parte da festa.

Naquele ano choveu. No fim da tarde, começaram a voar folhas, jornais, roupas da corda, trovoadas provocando uma euforia especial em crianças, mulheres e baratas. As luzes foram precocemente acesas, as facas, guardadas, os espelhos, cobertos. Na rua, as pessoas andavam apressadas olhando pro alto, os morros sumindo atrás das nuvens, nossa, como tá escuro, que raio, Santa Bárbara!, recolhe a roupa, entra, menino, parece que tem bicho-carpinteiro, bota o Tupi pra dentro, e então um segundo de espantoso silêncio antes de desabar. As calçadas vão escurecendo, cada pingo!, tá enchendo a rua. A saudade, Seu Alfredo, a saudade tem o cheiro vital da chuva. Hiii, o tapete ficou lá fora. Teresinha, que se fantasiava de fada azul nos carnavais, olha o temporal como se fosse pela primeira vez. Em Vila Isabel, toda chuvarada é novidade. Agora, sim: a sirene dos bombeiros. Não podia faltar. Com o nariz achatado na vidraça, brinco de escrever com o dedo em minha própria respiração e espio a alegria das goiabeiras, a sede dos oitis.

As águas carregam móveis, carros, barcos de papel... Marmanjos marcham com as calças arregaçadas até os joelhos, sapatos na mão, caras contrariadas, mas intimamente felizes, a infância de novo, olha só minha valentia.

Baldes são colocados debaixo dos lustres que também brincam de chover. A campainha. Penteado, tremendo gozador, entra todo molhado e conta, tomando um gole pra esquentar, que a Terceira acaba de passar apitando na Pereira Nunes a caminho de Paquetá, um sujinho de mosca na frente do garboso porta-aviões Minas Gerais.

Corro pra janela, mas não vejo nada, a não ser um sujeito com cara de pobre, soluçando, meio arrastado pelas águas.

Faço duas descobertas: a miséria e que Papai Noel é o Waldyr Iapetec.

E tô com uma vontade de chorar desgraçada, porque é Natal, porque tá chovendo na Vila, entre britadoras, bate-estacas e o apito das fábricas, e, apesar da chuva, o ar está carregado de fumaça. Fecho a janela com raiva e cai um pouco de caliça no chão. O que estará caindo dentro de nós, toda hora caindo dentro de nós que nem a caliça da parede? Meu peito se enche de chuva e há essa estranha música de ônibus verdes e um orelhão mudo como uma pausa e toldos e embrulhos e um guarda-chuva amarelo e uma capa de bolas e a bicicleta do tintureiro e deve ser muito chata a vida sem conjunções.

O rio Maracanã passa nos fundos do prédio. Dizem que eu é que moro nos fundos, mas acho graça: minhas janelas dão pros telhados da Vila, pro traçado dos morros mal desenhado na chuva como o eletrocardiograma do meu coração bêbado. Um rio e as coisas que passam. Eu já ouvi gente da minha família falando em "situar as coisas no tempo", mas é precisamente o contrário, é situar o tempo nas coisas e vê-las passando pelos olhos como trastes da saudade carregados pela enchente.

E lá vai um sujeito com cara de pobre, soluçando, meio arrastado pelas águas.

Heráclito, meu nego, não leva a mal, mas eu já tô farto de ver a miséria passando duas, mil, milhões e milhões de vezes pelo mesmo rio. Ainda mais agora sabendo que Papai Noel não existe.

SEJA PARCEIRO DO ALDIR BLANC E MATE JOÃO BOSCO DE INVEJA

AÍ ESTÃO 4 FABULOSAS LETRAS DE MARCHINHAS DE CARNAVAL DE ALDIR BLANC. *Musique-as (que língua nossa!) grave-as em cassete e mande pra nossa redação. Os prêmios são fabulosos – além do fato de que a Elis adora gravar músicas de Aldir Blanc e João Bosco. Já pensou a Elis, fantasiada de Falso Brilhante, anunciando "agora vou cantar uma musiquinha de Aldir Blanc e seu nome no espaço pontilhado", hem? E mais! Grande oportunidade de sentir na própria carne o drama do compositor esbulhado em seus direitos pelas sociedades arrecadadoras e talvez dar até uma entrevista no PASQUIM sobre o momentoso assunto. Voltando aos prêmios: um torturante band-aid no calcanhar para você (com direito a um acompanhante), uma caça à raposa, um uísque com guaraná com Nássara, um lauto jantar em companhia de Dona Nelma (que já topou, como sempre) e uma visita à redação do PASQUIM com direito a sorrisos da alta cúpula durante 70 minutos, um cafezinho gentilmente servido pela Dona Martha. Pô, chega né? Que vocês querem mais? É isso gente boa, vamulá!* [JAGUAR]

FICA PRA OUTRA VEZ
FREVO

Tu entrou, toda fofinha
num ônibus Penha-Circular
e eu cascateei comigo mesmo
após me aperceber de tua ausência:
nas penhas da vida
foste um circo e um lar.
Ficou meio ridículo. Paciência.

A NORMALISTA
MARCHA-DE-BREQUE

Eu não me contenho, eu não me contenho,
uma garota como essa eu nunca tive.
E como nunca, nunca, nunca me contenho,
dessa vez, pra variar, não me contive.

Larguei o chope
e falei pra normalista:
que tal Andaraí no teu gramado
e fazer um bonde Aldeia Campista?
No teu gramado eu sou turista!

NA DA BALEIA
MARCHINHA

Eu tô, eu tô, eu tô
com a cuca cheia
que nem baleia, ôi,
que nem baleia.

Se eu tomar outro anis
acabo com chafariz, bis.

Eu sou fã da baleia:
ela nem vê quando chove,

baleia vive na água
e nunca toma Engov
Como falou Galileu:
– e pur si muove – hei!
– e pur, si muove!

MAMÃE ME CHAMOU DE DESUMANO
MARCHINHA

Mamãe me chamou de desumano
porque eu abri o pano antes da hora
e mostrei os atores sem pintura
com as caras da censura
tirando uma cena fora.

Bota pra fora, lelê,
bota pra dentro, lalá...
A vida do brasileiro tá assim desses ataques.
Bota pra fora, lelê,
bota pra dentro, lalá...
Tô me sentindo o Armando Marques.

PASQUIM Nº 367
UEKI DA SILVA

[Paródia de Aldir Blanc pra ser cantada com a música Chica da Silva, de Anescar e Noel Rosa de Oliveira, que ajudou a vitória salgueirense em 1963]

"UM RECADO AOS PESSIMISTAS: Reafirmo, e agora com maior convicção, que dançarei um samba na Praça dos Três Poderes, fantasiado de barril de petróleo. E mais: está quase chegando a hora de sambar". A promessa foi feita pelo ministro Shigeaki Ueki, das Minas e Energia, aos jornalistas que o entrevistaram, na sexta-feira, por ocasião da visita do presidente Geisel a Ribeirão Preto, em São Paulo, onde o presidente assinou decreto autorizando a...

Apesar
de não possuir aerofólio,
nosso ministro
é o Fittipaldi da questão do petróleo.
Um contratador
da Esso, ou mesmo da Atlantic,
fez o moço
mais feliz que hippie de butique.

"Mas esse cara não é japonês?"
perguntou um tal de Severino.
Sintam a ironia do destino:
a culpa não é mais do português!
Com a influência e o poder do Arigatô,
que superou a barreira da cor,
o ilustre ministro cava melhor
que o metrô, ô, ô, ô, ô.
ô, ô, ô, ô, õ, ô, ô.

No campo de Namorado,
uma reserva altaneira
faz cintilar a manchete.
JÁ TEMOS A PEARL HARBOR BRASILEIRA!
Mesmo que a nova seja boato,
vai dar um enredo de escola
com samurais e gueixas no refrão:
"Barril é tudo que deita e rola!"

Para que a vida se tornasse mais bela,
O Yamamoto da Energia
mandou construir, lá em Brasília,
gigantesca passarela,
onde a escola verde-e-amarela
vem de barril,
mandando o óleo
para o céu de anil.

PASQUIM Nº 412

COLCHA DE RETALHOS

ME LEMBRO COMO SE FOSSE HOJE! é sempre um excelente começo para contar mentira.

•

Fomos os dois, lá em Ramos,
noite alta como na seresta,
para o idílio sob as estrelas.
Mas tinha mosquito pra cacete.

•

Querido diário:
Hoje foi um dia incrível. Nem te conto.

•

Amar sempre exige uma certa ciência por causa do medo (nosso sexto sentido).
Mentir é mais fácil.
É como cantar: se aprende de ouvido.

•

Que seria do cabineiro se não fosse o ioiô?

•

Você me ofereceu um bago de jaca.
Mordi pensando em teus lábios
mas esqueci o caroço.
Parti dois dentes da frente.
Hoje estão ausentes
tu, querida,
e meus dentes.

•

O amor tanto se mete a edredom
que acaba velha colcha de retalhos.

•

Às vezes, eu me provo tão velho quanto esses biscoitinhos que a gente serve pra visita inesperada. E ainda mais falso que o sorriso de "que surpresa!".

•

Todo escândalo de adultério deve comportar uma trégua pro cafezinho.

•

Jamais acredite quando alguém te indicar um bom hotel. Isso não existe. É mais fácil achar (finalmente!) o bordel de normalistas.

•

Na inauguração do novo Distrito Policial
coube ao Secretário de Segurança dar o pontapé inicial.

•

A casa era exatamente o que eu esperava. Um jardim, aquelas garrafinhas pra beija-flor, o maior sossego. Respirei fundo e fiquei repetindo pra mim mesmo: "Puxa! É impossível que alguém se sinta infeliz num lugar assim". Eu tava me sentindo muito infeliz.

•

No assassinato da pantera, o que mais chama atenção é o comportamento do resto do zoológico.

•

Ponto final do ônibus Gardênia Azul. Ela parecia um pardal e tinha jeito de trabalhar na Lojas Americanas. Não pude resistir. Pegou bem no ouvidinho esquerdo:
– O nome Aldir Blanc significa algo para você?
– Quem? Qual é, barbudo?
Minhas luvas, minha capa, minha cartola, um pardal fez cocô nelas.

•

Não tive em nosso caso – e bem o sei – a sensibilidade de um artista.
Ao menos, não desmente que te amei com a estupidez de um halterofilista, todo pedido teu tornado lei, vassalo qual político arenista.

•

– Eu nunca marco derrota do meu time na Loteria. Me sinto um traidor.
– E a Shyrley com dois picilones?
– Tudo joia. Minha mulher nem desconfia.

•

Autocomiseração é ir jantar fora com a esposa no aniversário de casamento.

•

Carregou tudo com ela
menos minha dentadura.
Vai ser um bocado dura
a vida distante dela.
Se a boca ainda se segura,
o peito ficou banguela.

•

Já tava naquela idade em que é preciso ser mesquinho pra vida ainda ter uma certa graça.

PASQUIM Nº 370 E PASQUIM Nº 376

SITUAÇÕES BEM POUCO IMPROVÁVEIS

[CONSULTÓRIO DO DR. WALADÃO, PERTO DA PRAÇA DA CRUZ VERMELHA. DIÁLOGO ENTRE O DR. E UM CLIENTE DE UNS QUARENTA ANOS]

DR. WALADÃO
(bem profissional) – É isso aí.

CLIENTE
(crescente nervosismo) – Mas... ninguém tem mais sífilis, doutor. A sífilis acabou. Como o bonde, como a galeria Cruzeiro...

DR. WALADÃO
(bastante animador) – Ela está de volta! É a nostalgia! Vamos lá! Tens que curtir essa! Tás na moda, bicho!

[FRAGMENTO DE ENTREVISTA COM UM ARTISTA DE CIRCO MAMBEMBE, NO INTERIOR DO BRASIL]

ENTREVISTADOR
(Cacilda! É o Amaral Neto!) – Você representa o próprio país! Esse país vário, cheio de atrações fabulosas como o circo. É como um palco fantástico onde pontificam os gloriosos artistas do desenvolvimento. Ah, vibrante representante dessa alcandorada geração de criadores, responda e será ouvido por milhões de irmãos, do Oiapoque ao Chuí: que cê faz, quando não engole espada?

VIBRANTE REPRESENTANTE
(sotaque de Jurumenha, estado do Piauí) – Tento cortar os pulsos.

ENTREVISTADOR
(Cacilda! É o Amaral Neto!) – Corta! Corta!

[SALA DE JANTAR EM COPACABANA. TEATRÓLOGO IDOSO TERMINA A LEITURA DOS ORIGINAIS DA PRIMEIRA PEÇA DE UM JOVEM TALENTO]

TEATRÓLOGO
(tom paternal) – Meu jovem, senti falta, para ser sincero, daquele elemento incestuoso, indispensável às grandes tragédias.

JOVEM TALENTO
(justificando-se) – É que eu prometi à mamãe que não contava nada pra ninguém.

[COBERTURA EM IPANEMA, PAI E FILHO AO LUAR]

PAI
(dramático) – Meu filho, vamos conversar de andrógino para andrógino!

FILHO
(amuadíssimo) – Hiiii!

PAI
(angst existencial) – Teu namorado tá lá bestando, bem do lado do hidrante.

FILHO
(metafísico) – Eu acho hidrante um troço obsceno, não sei bem, é meio... fescenino.

PAI
(meio parvo) – Que que quer dizer isso?

FILHO
(como se voltasse à realidade) – Isso o quê?

PAI
(cada vez mais parvo) – Fescenino.

FILHO
(entrando em êxtase) – Sei lá, mas olha como eu fico toda arrepiada só de falar.

PAI

(em comovida identificação) – Querida!... Igualzinho a mim quando escuto o Sérgio Chapelin dizer que recomeçaram os combates na região de Kuneitra.

[DAMAS PAULISTAS NUM TÁXI DE LUXO]

PRIMEIRA DAMA

(afetadíssima) – Você precisa ir lá na "The Most Beautiful COW". São cento e um andares com tudo que você possa imaginar: feijão, arroz, tudo, tudo. O que você sonhar tem lá. E olha: ar-condicionado perfeito, playground... e o mais incrível: cafezinho e água gelada de graça! Um esbanjamento que puta que a pariu!

SEGUNDA DAMA

(afetadíssima) – Êta ferro!

PRIMEIRA DAMA

(afetadíssima) – O Bezerra fica o dia todo naquela merda de companhia. Nossa única diversão é ir aos sábados na Vacona. A tradução é minha. Bem livre, né?

SEGUNDA DAMA

(afetadíssima) – Onde é mesmo, hem?

PRIMEIRA DAMA

(afetadíssima) – Boston. Nós vamos de Jumbo.

SEGUNDA DAMA

(afetadíssima) – Êta, ferro!

PRIMEIRA DAMA

(afetadíssima) – Semana passada, o Bezerra comprou um uísque de mil dólares. Uma embalagem do caralho!

SEGUNDA DAMA

(afetadíssima) – Oba! Vou lá dar um tapa nos beiço.

PRIMEIRA DAMA

(afetadíssima) – Não senhora! É só pra ter em casa. Num é pra beber, não. Agora, se tu tiver a fim de uma São Francisco...

SEGUNDA DAMA

(afetadíssima) – Êta, ferro!

PRIMEIRA DAMA

(afetadíssima) – Eu trouxe pra mim uma latinha de picles da Manchúria caríssima, embora esteja proibida pelo viado do meu médico de comer sal. Você sabe, a porra da pressão...

SEGUNDA DAMA

(afetadíssima) – As visita vão deitar e rolar!

PRIMEIRA DAMA

(afetadíssima) – As visita, aqui ó! Botei o picles na penteadeira, junto com os meus perfume. Por aquele preço...

SEGUNDA DAMA

(afetadíssima) – Vê lá se alguma pilantra amiga tua vai roubar...

PRIMEIRA DAMA

(afetadíssima) – Num tem musquito. A casa vive cheia de guarda. Você sabe, Bezerra tem horror de atentado. Eu até acho esse medo bom pra ele. É sempre um estímulo. Que cê acha?

SEGUNDA DAMA

(afetadíssima) – Êta, ferro!

[MARMANJO DESENHANDO NUMA PRANCHETA. ADORÁVEL CRIANCINHA POR PERTO]

CRIANCINHA

(uma graça) – Papai, que que é nacionalismo?

MARMANJO

(visivelmente assustado) – Cala essa boca, ô garoto! Tu quer me comprometer?

[PAULISTA APLICA ESPETACULAR CANTADA EM MOCINHA DE VIDA MAIS OU MENOS FÁCIL QUE RODAVA LINDA BOLSINHA NA VIEIRA SOUTO]

PAULISTA

(nervoso) – Boas-noites.

MOCINHA

(!!!???) – !!!???

PAULISTA

(nervoso e sem graça) – Qualé ô câmbio, por obséquio?

MOCINHA

(profissional) – Depende do que tu queira...

PAULISTA

(trêmulo) – Bem... eu... digamos... queria experimentar uma nova modalidade. Outrossim...

MOCINHA

(!!!???) – !!!???

PAULISTA

(em pânico) – Não me entenda mal, por favor... Mas eu tenho que experimentar. Eu não aguento mais pensar nisso. Já tô ficando louco.

MOCINHA

(meio cabreira) – Vai falando...

PAULISTA

(rubro de vergonha) – Quanto custa essa tal de mordomia?

MOCINHA

(!!!???) – !!!???

[DISCURSO DE J. BONIFÁCIO. PARLAMENTARES. O ESPECTRO DA FLOR DOS PONTE PRETA]

J. BONIFÁCIO

(como que iluminado) – O papel que vou exibir dentro de instantes vai estarrecê-los sobremaneira. Trata-se de uma verdadeira bomba!... Pensando bem, bomba é um exagero da minha parte. Eu não tive nada a ver com aquele negoço na ABI. Mas voltando à vaca fria: o papel em questão vai provocar uma verdadeira LIMPEZA nesta Casa e nos demais lares pátrios. Trata-se do internacionalmente famoso "Papel Gorjeios de Rouxinol". Macio, não amarrota nem perde o vinco, suave fragrância de multinacional, e SEMPRE arrebenta no picotado. Lembre-se, amigo parlamentar: na privada ou no urinol, "Gorjeios de Rouxinol!"

PARLAMENTARES (DA SITUAÇÃO)

(delirantes, em coro) – Faaaciôôô, Faaaciôôô, Faaaciôôô...

PARLAMENTARES (DA OPOSIÇÃO)
(delirantes, em coro) – Se o Zé não dedurar, olê-olê-olá, eu chego lá!

ESPECTRO DA FLOR DOS PONTE PRETA
(comendo umas goiabinhas) – Esse é um país em que a oposição cada vez menos se opõe, e a situação cada vez mais se situa.

[EDIÇÃO EXTRAORDINÁRIA DO JORNAL PASSIONAL, DA AFAMADA REDE ROMBO DE TELEVISÃO]

LOCUTOR
(consternado) – Acaba de falecer, no Rio, na "Casa de Saúde Pelo Amor de Deus", o campeão mundial de cuspe-em-distância, Hildério Lombas, o popular "Ostra". Hildério estava depilando a axila esquerda, também chamada de suvaco. A operação, realizada pelo famoso medium-vidente Tranca-rua Geller, corria normalmente. Para surpresa de todos, sem motivo aparente, Hildério perguntou as horas. A instrumentadora, Aríete Viração, respondeu: "Quase meio-dia". O campeão ainda comentou: "Já? Tudo isso?" Foram suas últimas palavras. A técnica empregada é conhecida nos terreiros como "Intervenção Branca". A nota distribuída oficialmente dá como causa da morte "sarampo, associado a grande susto". Nossa reportagem não tem a menor ideia de onde jogaram o corpo. Voltaremos a qualquer momento com novas notícias. Jornal Passional, Rio.

PASQUIM Nº 371
HISTÓRIAS DA LOUCURA

MOA

O PESSOAL CHAMAVA ELE DE MOA. Andava esquisito, de um jeito miúdo e sereno. Lembrava um Cristo preto e sujo caminhando sobre as águas. Costumava fazer reverências muito dignas pra agradecer os cigarros que filava. O diagnóstico escrito na ficha dele era o de esquizofrenia. Afinal, Moa tinha entrado na enfermaria dizendo que não existia. Trinta anos aproximados, sustentava a mãe e seis irmãos menores com vários tipos de biscates. Era trabalhador e tinha um casebre arrumadinho, construído por ele mesmo, nos cafundós do estado do Rio. Um dia, um sujeito, com um bando de capangas, se apresentou como dono do terreno e botou tudo abaixo. Moa reconstruiu tudo três vezes. Os capangas do cara derrubaram tudo de novo. Na última vez, Moa levou uma surra pra valer e tacaram fogo na casa. Enlameado e sangrando, foi dar queixa na polícia, mas as autoridades não tomaram conhecimento. Ele estava enlameado e sangrando. Um guarda ainda aconselhou: "Sai de fininho e vê se entorna mais devagar". Aí é que ele lembrou de entornar. No botequim, um amigo ensinou ao Moa que o negócio era procurar um cartório, um lugar que tivesse registro de terras e esclarecer a situação, No dia seguinte, mais calmo, com uma roupa melhorzinha, salvada do incêndio, o Moa foi ao tal cartório. Esperou pra burro e acabou sendo atendido por um funcionário mal-humorado que lhe pediu os documentos. O Moa explicou que eles tinham desaparecido no incêndio. Foi quando o funcionário balançou a cabeça e – palavra justa – sentenciou:

– Meu chapinha, sem documentos você não existe!

LUA

Lá pelas oito e pouco da manhã, quando os médicos chegavam, o Lua trazia café, discutia sobre o estado dos outros pacientes, ajudava a distribuir os remédios, tudo na maior boa vontade. Era muito respeitado por médicos e pacientes. Talvez por isso ninguém chegasse perto dele nas manhãs em que ficava no leito, chorando como se sentisse, dostoievsquianamente, as dores da humanidade inteira. E quem sabe se não era isso mesmo?

Ficavam médicos, enfermeiros e pacientes, inquietos, rondando em volta daquele pranto absoluto e ninguém chegava perto. De vez em quando, alguém comentava: "Puxa, hoje não tá fácil! ". Um dia, um estagiário que tinha entrado pela primeira vez num hospital psiquiátrico, ouviu aquele choro, e, sentando-se na beira da cama, perguntou: "Que foi?" Lua levantou devagarinho a cara no travesseiro e, um bocado espantado, respondeu: "Eu choro nessa enfermaria, desse jeito que o senhor tá vendo, faz quase dez anos. Nunca me perguntaram por causa de quê. Agora nem eu mesmo sei direito".

BENTO

Bento vivia passeando pra lá e pra cá, profundamente interessado na leitura de um livro. O pessoal gozava: "Aí hem, Bento? Lendo seu livrinho...". Bento concordava meio rindo. Na hora que o Bento "entortou", ou seja, ficou impregnado pela medicação barra pesada (o quê, segundo alguns, significa a dose ideal), o livro caiu no chão e foi devolvido, mais tarde, por outro paciente. Era um livro de poemas de Jacques Prévert, no original. Um médico, penalizado, comentou: "Coitado. Fica aí com esse troço na mão, pra lá o pra cá, sem entender nada. É triste.". Pouco tempo depois, já refeito,

Bento veio à sala dos médicos, ansioso, buscar seu livro. Agradeceu e disse: "Gosto muito dele, principalmente de um poema que tem aqui... deixa eu ver...". E encontrando o poema que procurava, leu corretamente em francês e depois traduziu para um monte de doutores com cara de babacas.

LAURO

O primeiro azar do Lauro foi, logo na chamada anamnese, não saber se era segunda ou terça-feira. Como de costume, seguiu-se à pergunta sobre a data outra pergunta imbecil: "E quem é o Presidente da República?" Provavelmente desconcertado pela falta de lógica do interrogatório, o Lauro titubeou e foi descrito como desorientado no tempo e no espaço. O segundo azar foi dizer que não trabalhava em lugar nenhum. Costumava ficar em casa, estudando violino. Nenhum palavrão do mundo teria causado mal-estar semelhante ao provocado pela palavra violino. Foi acrescentada na ficha o termo apragmático. Esses foram azares menores. Questionado a respeito de suas lembranças, entusiasmou-se e descreveu, sem interrupções, durante cerca de uma hora, as quermesses de sua terra natal. Foi uma descrição de grande beleza, feita com muito carinho e sensibilidade. O que não impediu – melhor dizendo, provocou, em sua ficha, a observação "verborragia intensa". Depois da alta, Lauro apareceu um dia no hospital e convidou um dos médicos do serviço para um jantar em sua residência. Na noite escolhida, apresentou o médico a seus familiares, serviu um jantar impecável feito por ele mesmo, dissertou sobre vinhos e para finalizar, homenageou o visitante com um trecho de Bach. Ao violino.

PREGUIÇA

Uma das pessoas mais ativas da enfermaria era o Preguiça. Estava internado com diversos diagnósticos e era pau pra toda obra. Apartava briga, dava conselho, desamarrava "agitados", sabia que o choque comia solto e procurava ajudar os companheiros influenciando a opinião de enfermeiros e médicos. Dotado de grande inteligência, fazia comentários tão contundentes, que os médicos fingiam não escutar, aplicando o truque do "ouvido de mercador" (somos mestres nisso). Comentários como esse: "Diagnóstico de paranoia é besteira. Se o sujeito fosse paranoico mesmo, não ficava um minuto aqui dentro". Um dia, tentando evitar que um epilético se machucasse durante um ataque, Preguiça feriu profundamente o antebraço numa lata. Saiu muito sangue e o Preguiça teve um desmaio. Um dos médicos do serviço, com cara de quem descobriu a pólvora, aproveitou a deixa para fazer seu diagnosticuzinho: "Eu sempre desconfiei que esse cara era meio histérico."

TODO MUNDO

Mensalmente, alguns dos chamados irrecuperáveis eram transferidos para a Colônia Juliano Moreira, em Jacarepaguá. Havia uma espécie de acordo entre as enfermarias para um envio mensal de pessoas para a Colônia e a maior parte delas era formada pelos diagnosticados como oligofrênicos. Numa das reuniões dos chefes de enfermaria de todo o hospital do Engenho de Dentro, um cirurgião sugeriu que esses pacientes poderiam ser, ao invés de sistematicamente enviados para a Colônia, submetidos a cirurgias cerebrais. Alguém fez a pergunta óbvia: "Isso ajudaria essas pessoas em alguma coisa?" O cirurgião, impassível, respondeu: "Não sei. Mas, em compensação, nós poderíamos operar maior número de vezes. Depois não se queixem de que os americanos têm mais know-how".

PASQUIM Nº 374

AS PARÓDIAS DA BAIXADA

Devem ser cantadas com a mesma carga de emoção que o distinto leitor experimentaria caso fosse um popular atingido na região glútea.

MÚSICAS: Dorival Caymmi e Ary Barroso.
PARTICIPAÇÃO ESPECIAL: Octavio Ribeiro, tocando cuíca, surdo e mudo.

VOCÊ JÁ FOI À BAIXADA?
Você já foi à Baixada, nega?
Não?
Pois não vá!

Quem chega até lá, minha nega,
capaz de não voltar.
Muita sorte teve,
muita sorte tem,
muita sorte terá.

Você já foi à Baixada, nega?
Não?
Pois não vá!

Lá tem bafafá!
Lá não vá!

Lá tem sururu!
Lá não vá!

Vão te metralhar!
Lá não vá!

Se quiser sambar,
então vá!

Tiroteio na Baixada
faz inveja ao Peckinpah.
Tem pau pra consumo interno
e ainda sobra pra exportar.
Tudo, tudo na Baixada
faz a gente querer mal.
A Baixada é feito filha
de piranha com anormal.

AS BAIXAS DA BAIXADA
Ah, o arrego, ai, ai.
Arrego, aperto que nem agulha entra.
Ai, ai.
Dá um friozinho, ôi.
Fico impressionado, ôi.
Hiii, tô todo molhado
e a fim de correr,
o lá lá, o lê lê.

Ôi, Baixada, ai, ai.
Coitada da peça que andar sem documento:
Vai sem testamento, ôi,
de calção de banho, ôi,
com O DIA na cara
e a manchete é que não,
não existe
O Esquadrão...

As Baixadas lá da Baixada
eu contei um dia:
mais de vinte de uma vez,
Virgem Maria!
Um puxador enforcado
amarrado a um punguista,
um não-identificado de lado...

Baixada, embaixada do "sossego",
refresca, que eu ando louco de arrego.
Ou esses crimes têm fim
ou compro uma parabélum
carregada pra mim.

Ai, o arrego, ai, ai...

O QUE É QUE A BAIXADA TEM?

O que é que a Baixada tem?
O que é que a Baixada tem?

Batismo de fogo, tem!
Tem bala perdida, tem!
Chincheiro no talco, tem!
Batida nas boca, tem! (ou num tem?)
Algemas nos pulsos, tem!
E tem equimose, tem!
Caroço na testa, tem!
Formiga na boca, tem!
Presunto como ninguém!
Como ela empacota bem!

Quando o malandro te alvejar
Não caia em cima de mim,
não caia em cima de mim,

não caia em cima de mim.

O que é que a Baixada tem?
O que é que a Baixada tem?

Tem cuspe no olho, tem!
Cigarro na cara, tem!
Tem choque e sarrafo, tem!
E tem pau-de-arara, tem!
Passeio de carro, tem!
Mergulho no rio, tem!
Bandido de luxo, tem!
Estoque no bucho, tem!

Quem vai pra Baixada tem
quem vai pra Baixada tem
duas quarenta e cinco
e um punhal assim.
Quem não tem seu pistolão
Ô, não vai ter bom fim,
Ô, não vai ter bom fim...

PASQUIM Nº 399
NO PAÍS DO CARNAVAL

UMA BOA FADA DEIXOU NA MINHA PORTA, numa cestinha, as letras do concurso de carnaval de 77, promovido pela TV Globo. Exatamente, leitor: aquela convocação geral, pouco convocada e muito menos geral. O resultado, se você não sabe, já saiu. Foi um concurso meio Conceição: ninguém sabe, ninguém viu.

Preferi começar pelas letras repletas de sensualidade, enlouquecidas de luxúria como o próprio carnaval. Ricardo de Oliveira, infelizmente não classificado, contribuiu com "O roubo do peru", uma espécie de marcha-mordomia passada em Vila Valqueire. Um trechinho: "Minha vizinha roubou meu peru e ainda me perguntava se estava tudo azul. Eu escutei o bicho bater asa, mas ela apertava o pescoço do peru". Não é uma graça? E vocês sabem o que o peru fazia quando era esganado? Nada mais, nada menos que 7 (sete) glu--glu. Moral: peru gosta mesmo é de sufoco. Já Agenor Lourenço e Jacy Inspiração – vai ter inspiração assim no Ministério do Planejamento! – uniram suas forças para nos brindar com esta joia: "Você parece uma jaqueira. Que montoeira, que montoeira". Ivanildo – o nome já diz tudo – falou, altruisticamente, da própria vara: "Minha vara de caniço, vara de estimação. Se eu perder minha vara, vai dar confusão!". E o que dizer destes versos, paradigma da sutileza: "Uma cabecinha ruiva, uma solidão grená". São de autoria de J. Garci e trazem a observação de que se trata de uma marcha lenta. E por falar em marcha, a dita-cuja intitulada "Olha pra lá", criada por João de

Araújo, confessa para a posteridade: "Eu era cabeludo, agora sou careca. Neste carnaval eu vou sair de cueca". É isso aí, Jão. E terminando nossa parte erótica, uma comovente citação natalina em plena folia: "Tira a mão do meu saco que eu não sou Papai Noel". Esses versos foram cometidos por Ubirajara dos Anjos, que de anjo não tem nada.

Influências que variam desde o pop até o francamente aleatório também foram detectadas: José Raposo, imitando o delírio opiáceo, compôs "Linda papoula", da qual, infelizmente, premidos pelo espaço, citamos apenas trechos. "Linda papoula que a noite adormeces... Vem, oh, minha Leonora". Desculpem a insistência, mas é pena essa página não ser a cores.

Sabino Soares, revolucionando a língua, atocha o seguinte: "O carnaval este ano é uma graça, tenho dois ratos que bebi cachaça. É um ratinho e um ratão, um rato preto e um alemão". Nesta marcha, o Mobral chegou, pra variar, atrasado. Acho ótimo.

E agora, uma obra-prima. De José Luís Capistrano da Silva, José Carlos da Silva e Odemir da Silva, "Tarde maravilhosa": "Oh! Meu Deus. OH! Meu Deus! Tarde maravilhosa. Tarde maravilhosa. Até as cabras estão mais borboletas e o poste da light mais cinza". Pô, isso é que é antropofagia, o resto é conversa.

Regina do Couto Rabello – que nome lindo, Regina! – adverte, na marcha-puxa-saco "Convocação geral": "Se não for vou ficar doido, meu bocal vai explodir.". Regina, minha nega, vamos explodir este bocal juntos.

O filósofo Roldão Alves Guttemberg, no samba "Senhor Carnaval" fala do Rio de Janeiro, e observa: "Tem arquitetônica jovial, porém lhe falta o infinito". Roldão, tu deste banho na rapaziada. Que observação!

José Borges G. Soares se revela um pesquisador de méritos: a marcha "Nega joia" diz que ele arrumou uma neguinha interessante e que a tal neguinha "de dia parece um macaco mas de noite é um taco de sinuca ou um purgante". Impressionante.

Bom, chegou a hora do gênero marcha-rural, de Evandro Silva e Dermeval Silva: "Em uma casa sem parede e sem telhado eu queria ter você sempre ao meu lado tendo a frente uns feixinhos de capim... E depois sorrirmos assim (rinchando). Ai, a vida é bela, trocando coices mas sempre junto dela". Relinchem de com força, Evandro e Demerval. Vocês sabem das coisas! E aproveitando que estamos falando de animais, Ed Pires compôs a marcha "Saramandaia", onde "sereia vira bagre". Dá-lhe, Pires! O Unidos do Mobral também se fez representar através de Paulo Manoel da Cunha: "Carcamano é meu nome fui eroi de sertão. Não quero que me confundão com o famoso Lámpião".

Manoel Laurindo observou ao pé da página que seu pseudônimo é Dissandro Amen, o que constitui verdadeiro achado. E valendo-se de seu ex-título, o Dr. Frank Bowen Evans, cônsul americano aposentado, apresentou "O último samba no Rio de Janeiro", que eu pensei que fosse um samba-enredo sobre a futura invasão dos marines, mas não era. Apesar de a letra versar sobre o último samba, a temática central é o último tango, encontrando-se, inclusive, um apelo ao Marlon Brando: "Escute, Marlon Brando, fique em Paris". Não se preocupe tanto, Dr. Evans. Marlon Brando vai ficar por lá, que ele não é besta. Em tempo: o pseudônimo do Dr. Evans é "Mister Bob". Original paca.

A Associação Protetora dos Animais folgará em saber que Sebastião de Carvalho e Jurandyr Cruz se preocuparam com os bichinhos. A prova é que o samba "Carnaval que brinquei" revela: "Fantasiado de arlequim nas ruas da cidade, desfilei cantando assim: o cachorro faz au, au, au e o gatinho faz miau, miau... (BIS)". Um verdadeiro sopro de ecologia.

Ainda pelos Unidos do Mobral, Luís de França e Ubirajara Nesdan, no samba "É bom sonhar", entregam essa: "Ditei moda, tive alfreres...", enquanto Rosa Ferreira, no samba Rei Momo, utiliza-se do *estrubilho* para questionar: "Onde estão seus pierrores?". Eta, lirismo! Mas o prêmio Mobral, categoria luxo, saiu para – de novo! – José Raposo que defecou essa: "Uma ansiedade louca em te esperar... Deicho uma esperança em teu lugar". Por favor, não negaceiem aplausos.

Estranho comportamento dos astros determinou que José André, Francisco das Chagas, José das Graças e José Crispim compusessem, respectivamente, "Minhocão", "O gostosão", "Marcha do Bernadão" e "O Ricardão". Eu, hem, Rosa! Pessoal mais enrustido, sô!

Não podia faltar a ala dos Patriotas. Custódio Augusto babou o ovo da seguinte maneira: "Em mil novecentos e sessenta e quatro despertou o gigante que estava adormecido". Valdimiro Teodoro, o Santinho, faturou essa: "Mas eu gosto muito de São Paulo... Quando é quatro da manhã é aquela confusão toda em fileira... esperando a condução; mesmo assim, todos alegres e sorrindo, na maior satisfação". Vão ter satisfação na pqp! A nota surrealista do puxa-saquismo é dada por Luís Resina, que, babando de furor cívico, descobriu que o Brasil recebeu no Chile "o título de bicampeão". Não sabemos de que. Também merece destaque o samba "Alegria geral". Encarêmo-lo, pois: "Este é um país que vai pra frente com a Rádio Globo na divulgação. Obrigado, Som Livre, obrigado, Riotur, muito grato ao Museu de Imagem e do Som". Trata-se de um agradecido. Em "Desfile integração", José Augusto foi taxativo: "militares e civis foi bonito união eis combatentes desfilando e na frente um capelão".

Incentivados por esse clima, os sádicos compareceram com invulgar brilhantismo, começando por Cícero Veiga Casanova, na "Marcha do pipino": "Todo mundo começou a comer pipino. É só pipino do grosso e do fino. Agora toda a cidade está sofrendo do intistino". Enteroviofórmio nela, Cícero. Uma curiosidade: adivinhem como é que acaba a marcha do Cícero. Com as palavras "The end". Cícero, tu é um gênio! E agora, concentrem-se! José Carlos de Paulo perpetrou a marcha "Sai da frente, velho. Sai da frente, velho se não eu te atropelo, eu te derrubo, e piso na tua guela". Não esquece de chutar a virilha, Zé. É uma boa, podes crer. Taradinhos que só vendo, Raul Marques e Carlos de Souza, no samba "O destino do boi", sacaram que, entre outras mil e uma utilidades, o referido quadrúpede serve "pra fazer rebenque que bate pra machucar". São chegados a um chicotinho, autores? Dependendo da verba pode-se arranjar.

Praqueles que dizem que já não há mais refrão como os de antigamente, nossa resposta é essa: na marcha carnavalesca "Família de ricaço", Jacy Moraes acrescentou uma anotação que pede "ra ra ra ra ra ra ra ra ra ra (risada fraca)". Imaginem se fosse uma risada forte. Os irmãos Miranda, Alípio, Castões e Mário, somaram seus talentos para nos presentear com este coro inolvidável: "Pom porom pom pom pom". Bonito pra cacete! Sem ficar devendo nada à parceria anterior, Ciro e Otávio chaparam, na música "Primavera", este primor de final: "Dum dum, dum-dum, mais bela, dum dum". A quem possa interessar, confesso que estou banhado em lágrimas. Mas, por uma questão de coerência, o mais profundo saque inventivo pertence a Paulo Moisés de Almeida Barros, no gênero que o próprio Paulo definiu como "ritmo surfe". O nomezinho do mostrengo é "Cuca cheia". Sintam: "Brincar de Adão e Eva no espaço sideral ral ral ral ral ves ha ha ha ou hey hey hey bis". Demais! Chocante! Verdadeiro pum de criatividade, apenas ameaçado por "Atlântica e seu mistério", de Wanderlaan Catharino e Luis Guedes: "Bum rê rê bum rê rá Atlântica existe no fundo do mar".

Vamos ficando por aqui, mas antes quero louvar a canção que considero imbuída do mais alto espírito carnavalesco: "Doce flama", de Lenira da Rocha. Reporta-me-ei apenas ao final: "Ama-me, como te amo. Amar assim é se alçar ao céu". Lenira, não sei que desgostos esta revelação te causará, mas és amada em segredo!

PASQUIM Nº 406

O SAMBA-ENREDO DOS DIREITOS DO HOMEM

COMUNICAMOS A TODOS OS NOSSOS ASSOCIADOS que o título acima foi escolhido para o enredo do primeiro desfile da G.R.E.S. Doidivanas do Pasca, no carnaval vindouro (boa rima pra rodouro). A referida escolha transcorreu na maior harmonia, tendo ocorrido apenas 4 (quatro) óbitos. O voto de Minerva coube ao nosso atual presidente, Sérgio Jaguaribe, vulgo Jaguar, o qual, com a serenidade de sempre e de 45 (quarenta e cinco) em punho, aproveitou a ocasião para ofender familiares de vários fundadores da verde-e-cor-de-burro-quando-foge. Nosso diretor de bateria, Ivan Lessa, respondeu à altura do pescoço do presidente com a Navalha de Ouro, ao passo que o consagrado carnavalesco Ziraldo, aproveitando-se da confusão generalizada, passou a mão em nossa figurinista, Dona Nelma. O samba é de autoria de Aldirzinho Mertiolate, Bosquinho da Atadura, Neném Gemeu e Neguinho Já-Era.

Esperamos, com o auxílio das autoridades, sambar, ÚNICA E EXCLUSIVAMENTE, na avenida. Em todo o caso, lá vai: Alô, gente boa aí da Baixada, dando duro até altas horas! Saravá! Esqueçam-se de nós!

Sem mais, passemos à letra do samba-enredo, cortesia do Henê Nuclear.

Oh, meu torrão,
berço de jacarés,
antas, cobras e lagartos,
e outros animais menos votados,
viemos nesse samba-relicário
exaltar o teu cenário,
onde os direitos humanos são sagrados.

Imobiliárias-construtoras
com seus maçaricos na mão
deram pisadas gigantescas
para a arquitetura da nação.
Se garantindo no berro,
os testas-de-ferro das multinacionais
se aliaram aos nossos bancos
em lucros sensacionais
e o povo ficou a ver navios
de todo mundo nas águas territoriais.

Não podemos esquecer
as hidrelétricas com seus volts magistrais
e a monumental siderurgia
com seus fornos tão originais.

[REFRÃO]
lá, lá, lá, iás, ui, é demais,
chega, para, salve os orixás!
Esquindô, esquindô, Dom Sigaud,
credo em cruz, três vezes mangalô!

E tem mais:
nos carnavais recebemos a Raquel.
Ela volta todo ano
porque moramos pertinho do céu.
O atual escarcéu
que invejosos ianques
estão armando com afã
vai ser facilmente superado
por nossa seleção tricampeã.

Não nos renderemos.
Pela vitória tudo fazeremos!
Sem preconceito de raça,
nascimento, cor, religião,
sem língua, sexo, ou opinião,
Doidivanas do Pasca
modestamente faz sua declaração:
Boca-de-siri, bobó, pudim, barbas-de-molho.
– água mole em pedra dura
é que nem dedo no olho.
Não chore, não, vovó,
não chore, não,
senão entras no cacete
sem nenhuma distinção.

Oh, meu torrão...

[BIS]

PASQUIM Nº 379

VILA ISABEL ESPINAFRA A IMPRENSA ESCRITA, FALADA E TELEVISADA E PEDE PASSAGEM

ENQUANTO ESCREVIA A MATÉRIA DESTA SEMANA PRO PASCA, eu espiava, com o rabo do olho, o Henry Fonda tentando salvar o Dana Andrews e o Anthony Quinn da forca. O negócio começou a ficar meio enrolado: pensei reconhecer, entre os vaqueiros do filme, o Ceceu Rico, ilustre morador da Rua dos Artistas, o tal que não gostava de festa.

Resolvi me concentrar no que estava escrevendo e, pra minha surpresa, vovô Aguiar convidou o Henry Morgan pra uma bisca de nove no quintal. No auge da confusão, pensei na Rita Lee. Os leitores de QI tipo "anão Zezinho" dirão (singela homenagem ao presidente Horta) "não tem nada que ver o Flu com as calças".

Tem, sim, queridos avestruzes. Passo a demonstrar:

Toda vez que um polícia balança o cassetete pra moçada e diz alguma coisa parecida com "vamo circular, não há nada pra ver", é batata: tem, no mínimo, um cara estendido no chão. Isso tá acontecendo porque o brasileiro corre o risco de se habituar a ver no corpo de um ser humano precisamente o que a palavra destacada acima exprime: nada.

O pensamento ora exposto no mais puro estilo vilaisabeliano, foi mamado do conceito de *Aceitabilidade*, desenvolvido por Chomsky e Herman, no livro *Banhos de Sangue*.

Cês lembram daqueles dias (epa!) em que amigos de todos nós foram pra Londres, pra Itália, pela aí? Ficamos um bocado revoltados, né? Ouvíamos determinadas músicas com a maior emoção. Dava raiva, saudade, tristeza, tudo isso junto e – olha aí! – o resultado final era o seguinte: não tamos de acordo.

Hoje, aceitamos coisas semelhantes com mais naturalidade.

E naturalidade não aparece de graça. Existe um papo muito bem arrumadinho sobre a "natureza do artista". Falando nisso, cês lembram Westmoreland e Cia. falando da "natureza dos asiáticos" e outras cascatas semelhantes? E conhecem o original do ensaio de R. D. Laing chamado "O Óbvio" sobre a técnica de propaganda política que transforma, subliminarmente, o humano em subumano (aqueles amarelos, né?), até chegar ao inumano? O mesmo Westmoreland declarou que eles "não dão valor à vida". Em resumo, são "diferentes". Como os artistas, por exemplo. É só conquistar direitinho uma coisa chamada opinião pública, que aproveita acontecimentos como os que envolveram Rita Lee pra degustar seu prato predileto: o escândalo, e, de passagem, justificar seu próprio conformismo criando relações inexistentes do gênero: "Tá vendo? É nisso que dá. Bem faço eu que fico no meu cantinho".

Nietzsche tava certo: não é moderação. É mediocridade.

Segue-se, obrigatoriamente, a mentira da "atitude humanitária": recuperar, tratar etc. Na verdade, essa atitude "construtiva" é uma camuflagem para uma política mais ampla de ADVERTÊNCIA generalizada e, consequentemente, a vida humana em jogo tem importância secundária.

Os tais mass-media entram em campo fazendo, literalmente, jus ao próprio nome: MÉDIA, colaborando, ao repetir e repetir-se, com o clima de advertência reinante.

Do alto da minha goiabeira, quero deixar claro o seguinte:

Ser humano que sou, cidadão, casado, compositor, jornalista, boêmio, jogador, neurótico, cervejeiro, e tal e coisa, eu não aceito. E meu ato de não aceitação, justamente por significar, em sua negativa, a afirmação de um valor mais alto – o desejo de justiça – é ato absolutamente irreversível, mesmo que minha humana covardia venha – quem sabe? – desdizer, "retratar", ou deformar a Verdade.

Eu tenho o direito de achar o que eu quiser sobre qualquer assunto. Artaud chegou a falar no meu direito ao delírio. E Camus levantou, com ressonância dostoievskiana, meu direito ao suicídio. Mas não quero, com ou sem meia, ajuda.

Pegue sua piedade, madame, e faça bom proveito dela: da gargalhada da hiena à lágrima do crocodilo, eu quero distância.

Dirão os que têm a consciência em forma de paralelepípedo:

– Mas... e o cumprimento das leis?

Foi aí que o Henry Fonda mandou pra dentro um uísque e leu pros assassinos no saloon, a carta que o Dana Andrews escreveu pra mulher antes de ser enforcado injustamente. Tinha uma frase assim: a lei não é apenas um amontoado de palavras.

Aí, mocinho!... Ayôôôuu, Silver!... Tire as mãos sujas de cima dessa jovem, miserável!... Avante, lanceiros!... Mim, Tarzan... Chama o ladrão. Hic! Fim de papo.

PASQUIM Nº 423
SAFÁRI

FOI A MAIOR SORTE. Sábado passado, eu tava de bobeira e resolvi dar um pulo no Estácio. Assim que cheguei no "Três Amigos", estranhei o movimento: batucada, lenços brancos acenando, papel "higiênico" caindo das janelas... Depois de abrir caminho com cotovelos e palavrões, encontrei o Ceceu Rico:
— Que qui houve?
— Tu não sabe? O safári do Amadeu vai partir.
— Safári? Pra onde?
— Pro Fantástico Império do Black-Rio, em pleno coração da Rocinha.
— PQP! Tem vaga pra mim?
Ceceu Rico chamou o Amadeu:
— O Tantor tá lotado?
Amadeu, imbuído da responsabilidade que a chefia de uma expedição de tal vulto exige, me perguntou se eu tava consciente dos riscos que ia correr. Diante da minha afirmativa, quis saber a marca do meu desodorante. Eu, macaco velho, chutei de bate-pronto:
— Rexona!
— Então cabe mais um. Vâmo tomar a saideira que eu não sei quando nos alimentaremos de novo.
Após a última lapada, entrou todo mundo no Tantor, mas o desgraçado do Simca não pegou. Desceram só sete pra empurrar e, até quase o Largo da Segunda-feira, o Tantor nem-te-ligo. Aí, o Amadeu tomou uma medida drástica:

– Ô Nelson Jorge! Seguinte: esse fardo da direita, esse que tá com cachaça, joga ele fora. Vâmo levar só o indispensável!

O Nelson, cheio de razão, argumentou:

– Sinceramente, Amadeu... por mim, a gente leva a cachaça e abandona a comida.

– Que comida? O outro fardo também é cachaça.

Foi um alívio. Pra não desperdiçar, derrubamos uma garrafa de "Tira da Reta" no tanque de gasolina e o Tantor pegou de estalo.

Era o começo da fabulosa aventura.

Na periferia da favela, conhecemos o guia nativo, um vapozeiro local, conhecido como N'Guimba.

Amadeu se adiantou:

– Rau, N'Guimba! Viemos em paz! Babalu pra você e pra todos os seus.

N'Guimba fez uma reverência e retribuiu a saudação:

– Salute, Campari! Malboro King Size Kong! Manitu é Deus e Steve Wonder é seu profeta, ôu yéa!

Eu dei a maior mancada e quase pus tudo a perder:

– Manitu? Não é Tupã?

N'Guimba levou a mão ao 38 e rosnou:

– Bandolo! Tupã não tá com nada, ôu yéa.

Amadeu contornou diplomaticamente a situação:

– Deixa isso pra lá, N'Guimba. Senão eu passo adiante aquela história que o Octavio Ribeiro me contou a teu respeito e perdes a boca de contínuo na FUNARTE. Tás a fim de sambar?

Tudo bem.

– Vou levar vocês ao Líder Nubumbum M'Borro, mas, se têm amor à vida, não voltem a falar em samba.

Começamos a terrível subida, em meio a charcos, mosquitos, balas perdidas, Amaral Neto e muito soul.

Na porta do barraco do Líder, no ponto mais alto da favela, N'Guimba mandou que um dos nossos, o Paulo Amarelo, tirasse os sapatos:

– No white shus, ôu yéa.
Amadeu, que manjava um pouquinho o dialeto deles, lascou:
– Bicose?
– White shus coisa de crioulo. We Don't like criolo, ôu yéa.
O Paulo tirou os sapatos e N'Guimba gritou a senha:
– E Nubumbum, nada?
– Tudo!
A porta do barraco se abriu e apareceu, cheio de swing, o Líder. Lembrava um pouco o Simonal. Deu uns passinhos tipo Tony Tornado, e cantou, de sua própria autoria, "The Dark Monark", quarto lugar no Globo de Ouro. Terminada a melodia, o Líder olhou pro céu e orou:
– Baby, nada como a natureza em pânico... everibode flying numa boa, ôu yéa! Cosme, Damião, Doum, Lord Greystoke and Jane, pelos quatrocentos anos de Fantasma: um 38 na mão e um chapéu na cabeça, ôu yéa! My people venceu Sheeta, a pantera, Histah, a serpente, e os dois Horta: o javali e o presidente do Fluminense, ôu yéa! A glorious day: Grande Sacerdote Branco virá hoje no Pássaro Doido. A glorious day, ôu yéa! Baby, do Serengeti à Rocinha, o Black desperta: Manitu é Deus e Steve Wonder é seu profeta, ôu yéa!
Recomeçou a dançar e os súditos foram chegando aos montes. Aproveitei o queima pra fazer uma pergunta pro N'Guimba:
– Tem alguma ideologia na jogada?
– Claro! Tá tudo numa sacada de Nubumbum: "It's very important não confundir um pouquinho de macarrão com um porrão de macaquinho. Mas se botar queijo, nós come os dois", ôu yéa!
Eu já tava com a pergunta seguinte engatilhada, quando pintou o maior auê, a mocidade olhando pro céu e chorando.
– Agora, chalape! Tá chegando o Grande Sacerdote Branco no Pássaro Doido.
Aí, o helicóptero desceu e – ôu yéa! – o André Midani, diretor da multinacional WEA, saltou distribuindo teloguinho pra seita Black-Rio.

PASQUIM Nº 419

LAR OU ÍMPAR

*Singela homenagem ao divórcio, ao desquite, ao Colt,
ao serrote e demais formas de separação.*

A mulher da gente
não quer ser a mulher
que a gente tinha.
Quer ser "nova a cada instante".
Bonito, né?
E como aporrinha!

Mas não há de ser nada.
Tem troço mais chato,
mais fora-de-moda
do que uma mulher que não incomoda?

A boa mulher deve azucrinar.
Deve fazer perguntas sem resposta,
bater portas,
achar a sogra uma josta
e discutir assuntos que variem
desde a nova taxa cambial
ao próprio ciclo menstrual
passando pelo resultado do bicho
e, bem no meio de uma frase do marido,
dizer que o papo tá um lixo.

Deve querer emagrecer ou engordar,
deve exigir permanecer ou se mudar
e recusar fazer o trivial
pra experimentar – mal – nova receita.
O lema é "nunca se dar por satisfeita".
Um exemplo, gostosa leitorinha:
a mulher feliz, realizada,
deve, por incrível que pareça,
sentir palpitação, dor de cabeça
e, repentinamente, ir se deitar.
Agora, tem o seguinte: na orgia
não tem mulher que chegue
aos pés daquela
que padece suave hipocondria.
Mas deve ser sutilmente estimulada
pra que, depois, somando o ar mais sonso
a uma expressão tensa, dramática,
jure pela mãe (dela) que não! Que não queria!
feito as violentadas de "O Dia"
ou da "Luta Democrática".

Sacaram?
A mulher que é mulher
tem de criar culpa, remorso,
arrependimento na besta do marido.
Aliás, todo marido,
por mais malandro, por mais vivido,
deve ser uma besta, doce besta,
como o lar.

O lar – vocês sabem! –
é um lugar de estar
e de não estar.
É um templo... um recesso sacrossanto...
um lupanar...
É o repouso do guerreiro,
é o berço do herói,
é... é... é de lascar!
Mas, sendo aconchegante, deve dar,
como qualquer atual democracia,

sensação de falsa liberdade,
a ponto do marido declarar:
– O lar é meu segundo bar!
E em qualquer um dois, se embriagar.
Esses porres acontecem
porque toda vida, em parte, é ímpar.

Boa sorte com seu par, meu nego.
Eu? Eu quero é sossego.
Lar ou ímpar?
Um pouquinho por dentro desse jogo,
atiro fora os palitinhos, as moedas, os medos
e constato: vão-se os anéis e os dedos.
O lar, gente boa, é a maior zona.
Na purrinha conjugal
pede bem quem pede lona.

PASQUIM Nº 435
O CASO DO TROCADOR SILENCIOSO

O TROCADOR É UM MODELO DE INSTITUIÇÃO BRASILEIRA. Porque, fazendo jus ao título, não troca absolutamente coisa nenhuma. E quando troca, exemplifica de maneira esplêndida a expressão "dar o troco" atirando moedas e caraminguás nos cornes do freguês.

Aproveitando o rebote dos dias do mestre, do médico, da criança e outros bichos, eu, na qualidade de defensor dos fracos e oprimidos (por preços módicos e com direito a pechincha), sugiro aos nossos atarefados políticos a criação do Dia do Trocador. Nesta data querida, o citado profissional teria o direito de revidar, com um soco na cara, qualquer atrevimento do tipo nota de cinco, de dez etc... Bom etc. aí é meio sobre a retórica porque pobre quando vê nota de cinquenta pra cima, trata logo de se livrar dela, antes que os hôme arranjem alguma acusação em seu vasto repertório.

– Onde tu arranjou essa nota? Canta logo!
– Conceiçãããão...
PÔU!

Mas, como diz o Penteado, toda regra tem exceção e toda exceção caga regra.

O Tinoco, lá do Estácio, foi o único trocador que eu conheci que não só cumpria rigorosamente seu dever como, de quebra, distribuía agradecimentos e sorrisos. Aqui entre nós, o motivo dessa conduta insólita era a Janete. Platinada, graça ao conhecido tônico capilar Louramil, Janete lembrava um pouco a Marilim Monrôu – como gostava de dizer o Tinoco, o que, é bom frisar de passagem (já que falamos em trocador), engrandece a Janete. Tinoco detestava referências a coisas "do estrangeiro. O Brasil dá de zero em tudo".

Toda sexta-feira, dia de folga do Tinoco, Janete melhorava o astral da casa com o defumador Indiano, e nosso herói andava atrás dela, de cueca, na maior bolinação.

– Peraí, Cocô! Parece que tem bicho-carpinteiro. Isso aqui é coisa séria...

Ah, o encanto de certos apelidos íntimos!

Acabavam na cama. Durante os chamados folguedos eróticos, Tinoco era silencioso e compenetrado, e Janete era penetrada com a maior gritaria.

– Agora, meu amor! Fala! Diz uma coisa daquelas no meu ouvidinho.

E o Tinoco hum, ai, hum, ai, hum, ai, e mais nada.

Depois, Janete ficava um pouquinho triste. Bem que disfarçava, mas seu rosto traía um pensamento oculto parecido com o dos compositores ao receberem direitos autorais do ECAD: (é como se faltasse alguma coisa).

Tinoco reparava na tristeza da Janete e, fazendo cafuné, prometia:
– Da próxima vez eu falo. Fica triste não, neguinha. Juro que da próxima vez eu falo.

E Ihufas. Na hora do lesco-lesco, Tinoco, que nem as Otoridades, não tinha nada a declarar.

Perturbada por esse silêncio, Janete decidiu ir a um afamado Centro Espírita na Travessa do Carneiro, a Tenda "Esperança e Ray--O-Vac" – a coisa tá tão preta que até os espíritos da luz estão de lanterna.

No tal centro, Janete contou o problema ao caboclo Pena Poluída, que, após prescrever o Pó Solta-a-Língua, deu-lhe uns passes contra mau-olhado e repetiu três vezes:

– O negoço tá mais pra palmito que pra beija-flor.

Em casa, Janete preparou a beberagem amaciada com a cachaça "Insumos Básicos" e explicou pro Tinoco:

– Bebe de uma vez só. O caboclo disse que é tiro e queda.

De fato, porém mais pra queda do que pra tiro. Entre huns e ais, o Tinoco deixou cair:

– Meus concidadãos! Ai... numa conjuntura econômica que... hum... se define por um aperto... ai... os elementos divisionistas... hum...

E por aí afora. Ou adentro.

Janete chorou a noite inteira, enquanto o Tinoco, desolado, fumava na sala, andando pra lá e pra cá.

Sexta-feira seguinte, Janete voltou ao centro com o Tinoco a tiracolo. O caboclo Pena Poluída ouviu tudo, recomendou que a dosagem do remédio fosse triplicada, e pediu que o casal repetisse com ele a exortação:

– Se falar não fosse fácil, onde estaria o José Bonifácio? Boca abre à toa que nem janela. Vide Petrônio Portela.

Pra encerrar, Pena Poluída ajoelhou-se, bateu três vezes com a testa no cimento e foi levado com fratura do frontal pro Souza Aguiar, saravá!

De alma lavada, os pombinhos esvoaçaram pro ninho no maior agarramento. A preliminar foi tremenda. Tinoco disse coisa de ruborizar a própria torcida do Curintia. Mas no jogo principal ficou ruço. Já tava na prorrogação e só pintava hum, ai, hum, ai, hum, ai... Janete, desesperada, sabendo que essas coisas não se resolvem em cobrança de pênalti, apelou pro patriotismo do Tinoco:

– Fala, desgraçado! Me xinga! Honra o trocador brasileiro!

Tinoco avermelhou como se fosse explodir e:

– F... f... f...

– Isso querido! Diz!

– F... f... favor dar um passinho a frente que o meio do carro tá vazio!

PASQUIM Nº 438

ENQUANTO ISSO...

... NO CAFÉ E BAR LEIXÕES, O PM DE FOLGA AGRADECE:
– Não obrigado. Eu só bebo em serviço.

•

... em Roma, alguém confidencia ao Papa:
– Lá, os radicais pertencem todos à extrema-unção.

•

... quebrando o protocolo, o chefe da missão comercial estrangeira, cheio de razão, afirma:
– É sempre um prazer fazer negócio com vocês.

•

... alto funcionário da Polícia Federal de Brasília lembra a seus comandados:
– O piso é que é à prova de fogo. O preso, não.

•

... no Hipódromo da Gávea, um garanhão traçou uma égua depois de uma:
– Informação de cocheira!

•

... na Pavuna, um poeta perpetra o primeiro verso de um soneto:
– Na noite de estrelas recamada...

•

... numa republiqueta antilhana, ao saber que o inimigo está às portas da cidade, o Tirano grita pra cozinha:
– Capricha na gororoba, nega, que vamos ter visita.

•

... em São Paulo, o empresário Papa "Doc" Júnior garantiu que não quer "se sentar-se" ao lado de comunistas. Penteado comentou:
– Parece que ele prefere continuar de quatro mesmo.

•

... na Sessão Coruja, Jean Arthur, com a maleta na mão, murmura pro Joe McCrea:
– Oh, eu não posso aceitar.

•

... na varanda de uma casa em Paquetá, a moça sorri:
– Mas nós nos conhecemos tão pouco, amor!
E dentro da casa, a mãe da moça resmunga:
– Eu conheço bem esse filho da puta!

•

... na maternidade do INPS, ao saber que o filho é mudo, o pai coruja:
– Quantos poderão dizer o mesmo?

•

... em Copacabana, a mariposa atirou-se da área de serviço. Comentário do síndico:
– É aquela chata do 908 criando caso de novo.

•

... no Grajau, depois de ser espancado o garoto garante:
– Minha madrasta é uma segunda mãe.

•

... na fossa, a adolescente tímida inscreve-se no "Curso de Beijos por Correspondência" da revista Sentimental.

•

... um bocado animada a inauguração da Tamakavi, filial Caxias:
– Oito mortos!

•

... num hotel de alta rotatividade da Barra da Tijuca, um executivo paulista diabético geme pra jovem free-lance:
– Meu... table... tinho... de... sa... carinAAAAA!

•

... na Baixada Fluminense, o delegado adverte as crianças que espiam os quinze presuntos:
– Vamos circular! Não há nada pra ver!

•

... no jardim zoológico, o avestruz concretista, depois de uma bimbada, suspira:
– Pô, Ema...

•

... no Legislativo, o líder da minoria desabafa:
– Uma lei atrás da outra, uma lei atrás da outra... Sinceramente, deveria haver uma lei contra isso.

•

... num terreno baldio do Engenho de Dentro, depois de ter sido o primeiro, o Zezinho diz pro Betinho:
— Num brinco mais.

•

... no Ponto dos Músicos, Aristides de Tal leva a maior fé na marchinha:
"Quando vejo essa mulher
eu fico zonzo
com mais calor humano
de que bonzo".

•

... no telefone, duas emancipadas comentam:
— Linha cruzada é uma espécie de suruba tecnológica, Helô.

•

... num entreato da Conclap, o empresário anão, zarolho e fanho diz pra noiva (ótima!):
— Quero que você me ame por aquilo que sou, não pelo meu dinheiro, hein?

•

... num conjunto residencial de Del Castilho, um marmanjo acorda no meio da noite, se agarra na mulher e soluça:
— Meu patinete... Cadê meu patinete?

•

... no aniversário do Walcyrzinho, antes de equilibrar o cabo de vassoura no queixo, Waldyr Iapetec faz suspense:
— La uma... la duna... latrina!

•

... em Vila Isabel, meu avô Aguiar me explica:
— Nos fins de domingo sempre se pensa na morte. Chato é que às vezes a gente morre mesmo.

•

... passa aos gritos o Carro de bombeiros, girando a pupila vermelha na grande órbita da noite, insano como os olhos verdadeiros solitários, solidário como os verdadeiros insanos. Um homem fala sozinho:
— Em algum lugar há fogo, Zelda. Meu coração inveja.

•

... as mulheres comem salada e bebem sangue humano. Saul Bellow chia:
— É plágio! É plágio!

•

... penso nos teus cabelos e naquelas frases todas, não sei por que estou te dizendo tudo isso, por favor, não ria, eu podia escrever um livro sobre nós dois, enquanto, com o piano de Teddy Wilson, Billie Holiday me ensina que depois de tudo isso:
— I'll never be the same.

PASQUIM Nº 440

A EMENDA DO SÉCULO

CENÁRIO – quarto espelhado do Itamaraty's Motel
LUZ – negra
TEMPO – umas três da matina

CARLOS ZÉFIRO – Telefonista? Quer me ligar com a copa...
BRIGITTE BIJOU – É algum comunicado oficial?
CARLOS ZÉFIRO – Não interfere. Chega pra cá essa fonte diplomática. Alô? Duas caipirinhas de vodca. Viva o reatamento!
BRIGITTE – Já tive muitos assessores, mas tu és meu líder da maioria.
ZÉFIRO – Tu ainda não viu nada. Deixa minha mobilização entrar em vigor.
BRIGITTE – Põe esse modelo brasileiro na mão da mamãe.
ZÉFIRO – Cassa elezinho, minha soberania.
BRIGITTE – Ué... ele não distendeu...
ZÉFIRO – É que ele distende lenta e gradualmente... Mas é irreversível.
BRIGITTE – Quanto tempo ele vigora, meu regime?
ZÉFIRO – Tudo vai depender da tua imaginação criadora. Bota teu porta-voz nele, garantia de minha vida.
BRIGITTE – Tudo por nossas relações. Quero que atinjas o ponto extremo da crise.
ZÉFIRO – Investe, minha dedução. Vira a abertura democrática.
BRIGITTE – Louco! Que manobras pretendes? Diretas ou indiretas?

zéfiro – Todos os desdobramentos. Falando nisso, tomaste cuidado com a não proliferação?

brigitte – Tá tudo certo. Tua tramitação não necessitará de instrumentos excepcionais.

zéfiro – Gostei dessa versão,

brigitte – Sabe, nego? Ontem, só de pensar em teu alentado dispositivo, eu me referendei.

zéfiro – Mas isso é um ato isolado!

brigitte – Pouco me importa, desde que estimule o debate e aperfeiçoe nossas instituições.

zéfiro – Então, exceção de meu ser, vamos logo ao âmago da questão nesse rasgo de lucidez!

brigitte – Assim! Faz um pronunciamento! Introduz esse aparatoso editorial!

zéfiro – Corrupta! Ingerente! Fofinha!

brigitte – Inaugura minha represa! Canaliza teu financiamento! Me mordomiza, seu... empresário!

zéfiro – Vou violar esses direitos todos!

brigitte – Ai, estoca nos meus fundos de investimento! Quero ver essa bolsa em alta! Me abate no teu imposto de renda! Seu ICM!

zéfiro – Hiiii, tô sufragando!

brigitte – Me chama de prioritária! Toma posse dessa cooperativa!

zéfiro – Pô, acho que meu depósito foi prévio demais.

brigitte – Nada tenho a comentar.

[depois do recesso]

zéfiro – Quer mais alguma coisa do bar? Alô? Telefonista?

brigitte – Eu quero mais é que você anexe tua contribuição.

zéfiro – Alô? Mais duas caipiras. Com cana mesmo. Temos que prestigiar nossa produção.

brigitte – Tô te achando meio deduzido.

zéfiro – Que nada. Guenta ai que eu vou um instantinho na empresa privada fazer um bonifaciozinho.

BRIGITTE – Não demora que é pra gente emitir a segunda nota.

ZÉFIRO – Como diria o ministlo tloca-letla: non demolo.

BRIGITTE – Ah, imita ele de novo.

ZÉFIRO – Endossas meu lelatólio?

BRIGITTE – Contanto que não coloques minha segurança em risco.

ZÉFIRO – Meu negoço é mais colocar no risco da tua segurança.

BRIGITTE – Aí, não!

ZÉFIRO – Aí, sim. Cinco! Dez! Quantas eu quiser!

BRIGITTE – Mas... e a opinião pública?

ZÉFIRO – Deixa de imunidades e adota a posição histórica!

BRIGITTE – Então espera chegar o birinaite.

ZÉFIRO – Deste prova inequívoca de amadurecimento.

BRIGITTE – Vocês homens são todos iguais! É só a gente estimular o debate e já pintam com ideologias exóticas.

ZÉFIRO – Sem essa de analisar os reflexos do atrito.

BRIGITTE – Eu não quero andar por aí com nosso acordo denunciado. Minha imagem ficaria prejudicada.

ZÉFIRO – Fique sabendo, Gitinha, que eu sou homem preocupado com a casuística. Anexar meu documento no estreito círculo de sua autonomia é assunto interno.

BRIGITTE – Então eu deixo. Mas só se passar demagogia!

O TIJUCÃO Nº 0
O TIJUCANO

A VERDADE É QUE O TIJUCANO VIVE NUM DILEMA DESGRAÇADO. Considerado semi-ipanemense pelos suburbanos e tido como meio suburbano pelos ipanemenses, o Tijucano passa momentos difíceis num bairro impreciso.
– Tu mora aonde?
– Tijuca.
O autor dessa resposta pode morar no Largo da Segunda-feira, no Maracanã, no Andaraí, em Vila Isabel, em Aldeia Campista... Digamos que entre o Estácio e o Grajaú tudo é Tijuca.
Se vocês estão pensando que eu vou dizer "o Tijucano é um estado de espírito", aqui ó!
O Tijucano é um estado de sítio.
Premido pelo sagrado horror da acusação de suburbano e sonhando, secretamente, com as mordomias ipanemenses, o Tijucano adota uma atitude blasé em relação a seu controvertido bairro. Acha a Tijuca "devagar, careta, meio-não-sei-como, sacou?"
Saquei, bestalhão. A Tijuca é exatamente isso: meio-não-sei-como. Uma amostra magnífica do nosso querido Brasil.
O Tijucano não tem salvação. Pode fingir, fugir, mudar, inventar, mas será sempre tijucano. Mesmo que o corpo disfarce, a alma, como o criminoso, como o filho pródigo, voltará sempre à Tijuca. Nenhum morador, de nenhum bairro, padece tanto do tal conflito amor-ódio como o Tijucano. Ele fala mal dos bares da Tijuca, mas

não sai deles. Detesta os cinemas do bairro, mas raramente vai a outros. Elogia o comércio da zona sul, mas não abandona as lojas da Tijuca. Venera as tangas, desde que não seja na mulher dele. É progressista, desde que o progresso não o afete. Esmera-se em sua descontração. Vigia sua esportividade. Obstina-se em sua espontaneidade. Por trás da indiferença com que trata o bairro, esconde-se o orgulho. O maldito orgulho de ser Tijucano.

O Tijucano-Padrão é feito aquele amigo meu que pirou em plena Praça Saens Pena, tirou toda a roupa, subiu numa árvore e começou a gritar:

– A Tijuca é uma merda! Tô farto disso aqui! Num guento mais a Tijuca! É uma merda! Uma verdadeira merda!

Quando a ambulância chegou e meu amigo leu o que estava escrito nela, o escarcéu aumentou. Do alto da árvore, nu, mas em pose de senador, bradava:

– Pro Pinel, jamais! Nós, Tijucanos, temos nosso próprio sanatório!

PASQUIM Nº 358

BAIRRISTA É A TUA MÃE

Tá anoitecendo na Tijuca.
Tô em pé na esquina, de mão no bolso,
com cara de besta,
porque hoje... é sexta.
Meu coração não quer desculpa
e exige uma façanha
que seja, pelo menos, da grandeza
da cantada que o sol passa na montanha.

Meu coração exige
que eu me forte como um porte (fala, Millôr),
como um cavaleiro num torneio
– na Tijuca, torneio que se preze
é de sinuca.

Que eu seja esbelto e bom, e não tão feio,
que eu assovie bem e toque cavaquinho
e diga galanteios.
Meu coração exige sem rodeios
que eu dance o mambo-jambo,

pule de costas de um bonde andando,
imite um solo de saxofone,
grite pra um manco: dá-lhe, Rigoni!
e sopre um pidlone
no ouvidinho de uma dessas flores tijucanas.
São Tijucanas da Penha, de Copacabana,
Tijucanas de Ipanema, do Méier, da Urca,
do Leblon, de lá de Cascadura,
e Tijucanas, é claro, da Tijuca.
Tijucana é um jeito de ser gostosa.
Ai, meu coração:
são tantas louras, pastoras do Salgueiro,
empregadinhas, normalistas sedutoras,
manicures, balconistas – até freiras!
São bundas, coxas, umbiguinhos...
Silêncio, agora. O fim-de-tarde (pigarro) se engalana:
eis que passou – ficou! – uma balzaquiana.

Tá anoitecendo na Tijuca.
Meu coração exige uma cerveja e um crivo,
e uma atitude que seja, em si, maluca:
fazer cosquinhas num executivo,
desacatar um polícia bem manjado
e terminar na Loja Americana
berrando: eu quero rebuçado!

Depois, voltar pra casa
tendo nos cornes um sorriso aparvalhado
e uma desculpa furada pra Ana.

Podem falar que eu não cresci, que eu ando mal,
que sou lelé da cuca...
Não é nada disso. Eu só tô anoitecendo.
Meio de porre, anoitecendo com a Tijuca.

CRONOLOGIA

1946 • No dia 2 de setembro nasce Aldir Blanc Mendes, no apartamento 301 do número 44 da Rua Santos Rodrigues, no Estácio.

1949 • Aos três anos de idade, Aldir muda-se para a Rua dos Artistas, em Vila Isabel.

1957 • A família Blanc retorna para o Estácio, para a Rua Maia de Lacerda.
• Morre a avó paterna, Odette Blanc.

1963 • Aos 17 anos, Aldir muda-se para a casa do primo Dininho, na Rua Haddock Lobo, esquina com a Rua Tenente Vilas Bôas, na Tijuca.
• Funda o conjunto Rio Bossa Trio, que depois passaria a se chamar GB4.

1965 • Aldir ingressa na Escola de Medicina e Cirurgia do Rio de Janeiro.

1966 • Compõe sua primeira canção, letra e música, **A lenda da vitória régia**.
• Participa da fundação do jornal EMECÊ, órgão do Diretório Acadêmico da Escola de Medicina e Cirurgia do Rio de Janeiro.

1968 • Compõe com Silvio da Silva Júnior **A noite, a maré e o amor**, música classificada no III Festival Internacional da Canção (TV Globo).

1969 • Participa do IV Festival Internacional da Canção com a música **Serra Acima**, parceria com Sílvio da Silva Júnior, interpretada pelo grupo Os Três Morais.
• Tem três músicas classificadas para o II Festival Universitário da Música Popular Brasileira: **De esquina em esquina** (com César Costa Filho), interpretada por Clara Nunes; **Nada sei de eterno** (com Sílvio da Silva Júnior), interpretada por Taiguara; e **Mirante** (com César Costa Filho), interpretada por Maria Creuza.

1970
- Classifica-se no V Festival Internacional da Canção com a composição **Diva** (com César Costa Filho).
- Desponta seu primeiro grande sucesso, **Amigo é pra essas coisas** (com Sílvio da Silva Júnior), interpretado pelo grupo MPB-4, classificado para o III Festival Universitário de Música Popular Brasileira.
- Conhece João Bosco, em Ouro Preto (MG). Já no primeiro encontro desta que seria das mais longas e produtivas parcerias da música brasileira, três canções do violonista ganham letras de Aldir: **Agnus Sei**, **Bala com bala** e **Angra**.

1971
- Forma-se em Medicina, especializando-se em Psiquiatria.
- Casa-se com Ana Lucia e muda-se para a Avenida Maracanã.
- A música **Ela** (com César Costa Filho) é gravada por Elis Regina. A música deu título ao disco da cantora.

1972
- João Bosco registra com sua voz a primeira composição da dupla, **Agnus sei**, lançada pela série "Disco de Bolso" do jornal O Pasquim.
- Elis Regina grava **Bala com bala**, de sua parceria com João Bosco, e Elizeth Cardoso grava **Velho amor**, parceria com César Costa Filho.
- Abre seu próprio consultório, na rua da Assembleia, centro do Rio de Janeiro.

1973
- Abandona a medicina, passando a se dedicar exclusivamente à música.
- No disco **Elis** a cantora incluiu várias composições da dupla João Bosco e Aldir Blanc, como **Cabaré**, **Comadre**, **Agnus sei** e **Caçador de esmeralda**, essa última assinada também por Cláudio Tolomei.
- Morre o avô paterno, Alfredo.

1974
- Participa da fundação da Sombrás, sociedade responsável pela defesa de direitos autorais.
- Elis Regina lança LP com novas composições da dupla Aldir e João Bosco: **O mestre-sala dos mares**, **Dois pra lá, dois pra cá** e **Caça à raposa**.

1975
- No dia 8 de fevereiro nasce sua filha Mariana.
- João Bosco lança o LP **Caça à raposa**, interpretando vários sucessos da dupla, como **De frente pro crime** e **Kid Cavaquinho**.

1975
- **Doces olheiras**, parceria com João Bosco, é incluída na trilha da novela Gabriela (TV Globo).
- O grupo MPB-4 grava **De frente pro crime**.
- Passa a contribuir com o jornal O Pasquim. Sua primeira crônica é publicada no Natal deste ano com o título de "Fimose de Natal".

1976
- Elizeth Cardoso interpreta **De partida** e o grupo MPB-4, **O ronco da cuíca** (ambas em parceria com João Bosco).
- João Bosco lança mais um disco com sucessos da dupla, **Galos de briga**. Entre as canções estão **Gol anulado**, **Latin lover**, **Galos de Briga**, **Feminismo no Estácio** e **Transversal do tempo**.
- Morre seu avô materno, Antônio Aguiar.

1977
- Elis Regina grava, no LP **Falso brilhante**, as canções **Um por todos**, **Jardins de infância** e **O cavaleiro e os moinhos** (todas parcerias de Aldir com João Bosco).
- Compõe com João Bosco a música **Visconde de Sabugosa** para o seriado Sítio do pica-pau amarelo (TV Globo).
- Compõe a trilha sonora, em parceria com João Bosco, do filme **O jogo da vida**, de Maurício Capovila, adaptação do conto "Malagueta, Perus e Bacanaço" de João Antônio.

1978
- Publica seu primeiro livro, "Rua dos Artistas e arredores", pela Codecri. O livro teria três edições pela Codecri e uma nova edição pela Círculo do Livro (em 1980). A obra reuniu crônicas publicadas pelo jornal O Pasquim.
- **Transversal do tempo** é regravada por Elis Regina e dá título ao disco da cantora, que incluiu ainda **O rancho da goiabada**.
- Elizeth Cardoso inclui a canção **Me dá a penúltima** (parceria com João Bosco) no LP **A cantadeira do amor**.
- Compõe a trilha sonora, em parceria com João Bosco, do filme **Se segura malandro**, de Hugo Carvana. O filme conta também com músicas de Mário Lago e Chico Buarque.

1979
- Funda, ao lado de Maurício Tapajós, entre outros, a Sociedade de Artistas e Compositores Independentes (Saci).
- Elis Regina lança **Elis especial**, interpretando **Violeta de Belford Roxo**, **Ou bola ou búlica** e **Bodas de prata**, todas em parceria com João Bosco.

1979 • Em parceria com João Bosco, compõe O bêbado e a equilibrista, um dos seus maiores sucessos. Elis grava a canção no disco **Elis, essa mulher**, que incluiu também **Beguine dodói** (com João Bosco e Cláudio Tolomei) e **Altos e baixos** (com Sueli Costa).
 • Muda-se para a rua Garibaldi, na Muda, bairro não oficial da cidade localizado na Tijuca, onde vive até hoje.

1980 • Participa com Maurício Tapajós, Nei Lopes, Marcus Vinicius e Paulo César Pinheiro, entre outros, da fundação da Associação dos Músicos, Arranjadores e Regentes (Amar), entidade responsável pela arrecadação de direitos autorais.
 • Djavan incluiu no disco **Alumbramento** duas parcerias do cantor com Aldir: **Aquele um** e **Tem boi na linha**, esta última também com Paulo Emílio.

1981 • Nasce sua segunda filha, Isabel, no dia 29 de julho.
 • Participa do disco de Márcio Proença, interpretando **Fêmea de Atlântida**, parceria dos dois.
 • Publica o livro "Porta de Tinturaria" (Codecri), que também reuniu crônicas publicadas no jornal O Pasquim.
 • Parceria com Maurício Tapajós para a revista musical **Fi-lo porque qui-lo**, de Gugu Olimecha.

1982 • A canção **Nação** (com João Bosco e Paulo Emílio) faz sucesso na voz de Clara Nunes.
 • Cláudio Cartier grava **Mil atrações**, parceria de ambos.

1983 • Conhece Moacyr Luz, depois de descobrirem que moram no mesmo prédio na Muda. Ficam amigos e tornam-se parceiros.
 • Parceria com Maurício Tapajós para a revista musical **A tocha na América**, de Gugu Olimecha.

1984 • Lança pelo selo Saci dois discos autorais ao lado do parceiro Maurício Tapajós: **Aldir Blanc e Maurício Tapajós** (mais tarde reeditado em CD) e **Rio, ruas e risos**, ambos com composições da dupla.
 • Filó grava **Boca de dendê**, parceria de ambos, no disco **Canto fatal**.
 • Recebe a Medalha Pedro Ernesto, outorgada pela Câmara Municipal do Rio de Janeiro.

1985 • Fundação do **Bloco Simpatia é Quase Amor**. O nome do bloco foi retirado de um personagem do livro "Rua dos Artistas e arredores", Esmeraldo Simpatia é Quase Amor.

1987 • Morre a avó materna, Noêmia.

1988 • Casa-se com Mary Sá Freire.
 • Moacyr Luz registra parcerias dos dois em seu primeiro disco. Todas as 9 faixas são de autoria de Aldir.

1989 • Fafá de Belém é contemplada com o Prêmio Sharp, na categoria Melhor Música, interpretando **Coração agreste** (parceria de Aldir com Moacyr Luz).
 • **Mico preto**, outra composição com Moacyr Luz, foi tema de novela da Rede Globo, na interpretação de Gilberto Gil.
 • O grupo Fundo de Quintal registra **Ciranda do povo**, de sua parceria com Cléber Augusto, um dos integrantes do conjunto. A música deu título ao disco do grupo.
 • Estreia como colunista no Caderno Cidade, do Jornal do Brasil, com crônicas sobre o Rio de Janeiro, ilustradas por Lan.

1991 • Guinga grava o CD **Simples e absurdo** com composições da dupla interpretadas por Leny Andrade, Chico Buarque, Claudio Nucci, Leila Pinheiro, Beth Bruno, Ivan Lins, Beth Bruno, Zé Renato e o conjunto Be Happy.
 • Compõe a trilha sonora, em parceria com Moacyr Luz, da peça **Um céu de asfalto**, de Bertold Brecht, com Sérgio Brito e Marlene.
 • Sofre um grave acidente de carro, quebrando a perna esquerda.

1992 • Compõe a trilha sonora, em parceria com Edu Lobo, da peça **A mulher sem pecado**, de Nelson Rodrigues.

1993 • Publica o livro "Brasil Passado a Sujo" (Geração Editorial).
 • No dia 8 de setembro nascem os netos gêmeos Pedro e Joana, filhos de Tatiana, uma das filhas de Mary.
 • Edu Lobo grava duas músicas de autoria dos dois: **Sem pecado** e **Ave rara**, no disco **Corrupião**.
 • O grupo Batacotô grava várias composições de sua parceria com Ivan Lins e Vítor Martins: **Quitambô**, **Nega Daúde**, **Tá que tá**, **Camaleão** (esta interpretada por Dionne Warwick e Ivan Lins) e **Confins**, que se tornou tema de novela da Rede Globo.

1993 • Fátima Guedes grava suas canções **Vô Alfredo, Diluvianas, Destino Bocaiúva, Sete estrelas** (todas com Guinga) e **Restos de um naufrágio** (com Moacyr Luz).
• Trilha sonora, em parceria com Guinga, da peça **As primícias**, de Dias Gomes.

1994 • No dia 5 de janeiro nasce sua neta Milena, filha de Mariana.

1995 • Moacyr Luz lança o disco **Vitória da ilusão**, com várias músicas da dupla, em comemoração aos 10 anos de parceria.
• Estreia como colaborador do jornal O Dia, com crônicas sobre matérias publicadas no Caderno D.

1996 • Gravação do disco comemorativo do seu 50º aniversário, **Aldir Blanc – 50 anos**, que contou com a participação de vários cantores, como Carol Saboya, Edu Lobo, Nana e Danilo Caymmi, Rolando, Arranco de Varsóvia, Wilson Moreira, Walter Alfaiate e Nei Lopes, Emílio Santiago, Ed Motta, Leila Pinheiro, Clarisse Grova, Cris Delano, Paulinho da Viola e o próprio letrista. O disco incluiu ainda a faixa **O bêbado e a equilibrista**, com Betinho, MPB-4 e Coral da Vida.
• Lança os livros "Vila Isabel, Inventário da Infância" (Relume-Dumará) e "Um Cara Bacana na 19ª" (Record).
• Nasce seu neto Vinícius, filho de Patrícia (filha de Mary).
• Leila Pinheiro lança o CD **Catavento e girassol** com canções de sua parceria com Guinga.

1997 • Clarisse Grova lança o CD **Novos traços** com 13 composições da parceria de Aldir com o pianista Cristóvão Bastos.

1998 • **Resposta ao tempo** (com Cristóvão Bastos), interpretada por Nana Caymmi, é música-tema da minissérie **Hilda Furacão** (Rede Globo) e vencedora do Prêmio Sharp na categoria Melhor Música.
• Moacyr Luz grava o CD **Mandingueiro**, com diversas parcerias dos dois, entre as quais **Mandingueiro, Encontros cariocas, Gotas de samba, Chupa cabra com ketchup**.
• Walter Alfaiate inclui no CD **Olha aí!** a canção **Botafogo, chão de estrelas**, parceria de Aldir com Paulinho da Viola.

1999
- Interpretada por Nana Caymmy, a canção **Suave veneno** (com Cristóvão Bastos) é tema da novela homônima da Rede Globo.
- Cláudio Tovar escreve e encena o musical **Aldir Blanc um cara bacana**.
- Torna-se colaborador da revista de humor Bundas.

2000
- Participa como convidado especial do disco do compositor Casquinha da Portela, interpretando a faixa **Tantos recados** (Casquinha e Candeia).
- Dudu Nobre grava a primeira parceria dos dois, **Blitz funk**, no disco **Moleque Dudu**.
- Compõe com Cristóvão Bastos a trilha sonora do musical **Tia Zulmira e nós**, adaptação do jornalista João Máximo para os textos de Stanislaw Ponte Preta.
- **O mestre-sala dos mares** é tema do desfile do bloco do Museu da Imagem e do Som (MIS), que homenageou a Revolta da Chibata, liderada pelo marinheiro João Cândido.

2001
- Compõe **Teatro da natureza** (com Marco Pereira), música-tema da trilha sonora da peça **Teatro Popular Brasileiro**.

2002
- Morre a sua mãe Helena Aguiar Mendes.
- Interpreta, junto com João Bosco, **O bêbado e a equilibrista**, para o songbook do parceiro.
- Lançamento do livro "A poesia de Aldir Blanc" (Editora Irmãos Vitale), songbook organizado pelo crítico musical Roberto M. Moura.

2003
- Walter Alfaiate lança o CD **Samba na medida**, que inclui a canção **Mastruço e catuaba** (com Cláudio Cartier).
- Compõe com Mú Carvalho a canção **Chocolate com pimenta**, tema de abertura de novela homônima da Rede Globo.
- Lança o livro "Heranças do Samba" (Casa da Palavra), com Hugo Sukman e Luiz Fernando Vianna.

2004
- É ganhador, ao lado de João Bosco, do 24º Prêmio Shell de Música.

2005
- Lança o CD **Vida noturna**, cantando suas parcerias com João Bosco, Guinga, Moacyr Luz, Maurício Tapajós, Hélio Delmiro e outros.

2006 • Lança o livro "Rua dos Artistas e Transversais" (Agir), reunindo as crônicas dos livros "Rua dos Artistas e Arredores" e "Porta de Tinturaria", além de 14 crônicas publicadas na revista Bundas e Jornal do Brasil.

2008 • Lança o livro "Guimbas" (Desiderata).

2009 • João Bosco lança o CD **Não Vou Pro Céu, Mas Já Não Vivo no Chão**. O título é um verso do **Samba de caramujo**, canção que retoma a parceria interrompida em meados da década de 1980.

2010 • Lança os livros "Vasco – A cruz do bacalhau" (Ediouro), com José Reinaldo Marques e o juvenil "Uma caixinha de surpresas" (Rocco).
 • Compõe (com Carlos Lyra) a trilha sonora do espetáculo **Era no tempo do Rei**, baseado no livro homônimo de Ruy Castro.

2011 • Nasce sua neta Cecília (filha de Isabel), no dia 17 de fevereiro.
 • Lança o livro infantil "Cantigas do Vô Bidu" (Lazuli).

2013 • Lançamento do livro "Aldir Blanc: Resposta ao tempo – Vida e Letras" (Casa da Palavra), de Luiz Fernando Vianna.
 • Nasce o bisneto Danilo, filho de Milena.

2014 • Claudio Latini regrava **Chuva miúda** (com Cláudio Cartier) no CD **Revivendo**, lançado na Noruega.

2015 • Morre o pai, Alceu Blanc Mendes, o Ceceu Rico de suas crônicas.

2016 • Completa 70 anos e é homenageado pela cantora Dorina, com o espetáculo **Dorina canta Sambas de Aldir e Ouvir**.

Este livro foi composto em Acta e Tremendous. Ele foi impresso em 2016, quando Aldir Blanc completou 70 anos, pela gráfica Rotaplan em papel pólen bold 70g/m² para o miolo e triplex 300g/m² para a capa.